U.S. Navy Yard
COB DOCK
Dry Dock
Houston St. Ferry
Grand St. Ferry
Broadway Ferry
Green Point Ferry
Tompkins Square
Brooklyn
Elevated
Railway
Long Island R.R.
Brighton Beach R.R.
Penitentiary
Union Cemetery
EVERGREENS
WALLABOUT
FLUSHING
BROADWAY
LEXINGTON
GATES
MONROE
MADISON
PUTNAM
JEFFERSON
HANCOCK
HERKIMER
ATLANTIC
PACIFIC
DEAN
BERGEN
ST. MARKS
WARREN
DOUGLASS
DEGRAW
SACKETT
UNION
PRESIDENT
CARROLL
MONTGOMERY
MONTEITH
METROPOLITAN
BUSHWICK
MC DOUGAL
HALSEY
MACON
MC DONOUGH
DECATUR
BAINBRIDGE
CHAUNCEY
MARION
SUMPTER

Sophie Escabasse

Witches of Brooklyn

Total verhexte Tanten

Witches of Brooklyn wurde mit blauen und lila Buntstiften gezeichnet. Sie wurden solange benutzt, bis die einzelnen Stifte sechseinhalb Zentimeter lang waren. Alle Vorzeichnungen wurden eingescannt und im Anschluss mit Procreate und Photoshop finalisiert und koloriert.

1. Auflage 2022

Verlegt durch Egmont Verlagsgesellschaften mbH
Alte Jakobstraße 83, 10179 Berlin

Die englischsprachige Originalausgabe erschien 2020
unter dem Titel *Witches of Brooklyn*

Übersetzung aus dem Englischen: Diana Steinbrede
Umschlaggestaltung: Anke Koopmann, Designomicon

Printed in the EU
ISBN 978-3-7704-0710-1

Für Patrick, meinen fabelhaften Mann,
und unsere drei wunderbaren Wirbelwinde,
Ella, Josephine und Arthur

Kapitel 1

Es war einmal in Ditmas Park,
einem ruhigen Viertel in Brooklyn ...
DRIIIIIIING!!
Was zum Teufel?!
Mhm ...
Welches Trampeltier kann das sein, um 1 Uhr nachts?!
Kein Respekt mehr vor dem Alter!
WUFF
WUFF!!

Na los, steig aus dem Auto! Deine Familie wartet auf dich.
Hier wartet NICHTS auf mich!
Ich gehe nicht!
Oh DOCH, du wirst!!
WISSEN SIE, WIE SPÄT ES IST?!
ÄÄÄÄHHH!!!

HÜSTEL
Ich bin Agent Joe vom Adoptionsbüro.
Entschuldigen Sie die späte Störung. Sind Sie Ms Selimene Huchbolt-Walloo, Schwester von Emily Huchbolt-Walloo?
!?!! JA
Das hier ist Ihre Nichte Effie. Sie sind jetzt ihr Vormund. Ähm ... Ihre Schwester wusste, dass Sie sich gut um ihre Tochter kümmern würden.
. . .
Sie müssten benachrichtigt worden sein – aber ich habe die Unterlagen hier, falls Sie sie sehen wollen?
Ist das ein Scherz?

Das kann nicht sein ... Ich habe meine Schwester - ich meine, Stiefschwester - seit zwanzig Jahren nicht gesehen! Das muss ein Irrtum sein.
Darf ich diese Unterlagen mal sehen?
Es ist KEIN IRRTUM.
Aber ich bin DOCH VIEL ZU ALT!!
KEIN IRRTUM.
Aber es MUSS ein Fehler sein! Sie können nicht einfach so Kinder mitten in der Nacht an der Haustür abliefern!
KEIN FEHLER.
Das Kind gehört jetzt zu Ihnen.

Seien Sie bitte vernünftig, das kann nicht sein!
Kein Fehler.
BOOM
HÖR ZU, DU ELENDER STAUBSAUGERVERTRETER!! KEINE **BLINDSCHLEICHE,** DIE NACHTS EINE SONNENBRILLE TRÄGT WIE DU...
A-a-a... a-a...
... WIRD MICH ZU **IRGENDWAS** ZWINGEN!!

Effie, richtig? Ich bin Carlotta. Gehen wir rein.
Es ist sehr spät und du musst müde sein. Ich bin es auf jeden Fall.
RABAUKE
Kümmere dich nicht um Selimene. Die beruhigt sich schon wieder.
GANGSTER!!! MISERABLES MENSCHENEXEMPLAR!!
Du kannst erst mal Pandas Zimmer nehmen. Er ist kaum noch hier und ich bin sicher, es wird dir gefallen. Am Tag ist es sehr hell und du hast deine Ruhe.

Da sind wir!
Das Badezimmer ist am Ende des Flurs.
Den Rest vom Haus zeigen wir dir morgen.
Schlaf gut, Schätzchen!
Keine Sorge, Woody. Wir bleiben nicht lange ...
Wir brauchen diese Psychos nicht ...

AUF KEINEN FALL nehmen wir eine Elfjährige auf, Carlotta! Sie kann nicht hierbleiben! Wie sollen wir das Geschäft führen, wenn wir ein Kind an der Backe haben?! Das ist Wahnsinn!
Kinder gehen zur Schule, Selimene.
Und wir reden schon eine Weile darüber, einen Lehrling eizustellen ...
Einen Lehrling für was?
Gerätetauchen!

Guten Morgen, meine Liebe! Hast du gut geschlafen?
Okay ...
Ja, das Bett ist ziemlich gemütlich.
Ich mach dir einen heißen Kakao und führe dich herum.
Ich hasse heißen Kakao! Und ich will euer Haus nicht sehen. ICH BLEIBE NICHT!!
SETZ DICH! Und ich weiß, dass du heißen Kakao liebst!
HEY!?
Was ... was ist passiert?

Ähm ... hier ist dein Kakao, Effie. Und du musst dir das Haus nicht anschauen, wenn du nicht möchtest.
!?!
Grrr! Sie machen wieder eine dieser riesigen Musikshows im Park. Dieses Mal kommt jemand namens Tily Shoo.
Tily Shoo ... Was ist das überhaupt für ein Name?
DU KENNST TILY SHOO NICHT? IN WELCHER WELT LEBST DU?
Sie ist DIE Künstlerin des Jahrhunderts!
Daran habe ich ernsthafte Zweifel, Kind.

Ist sie WOHL! Du bist bloß zu alt, um es zu erkennen.
Ist sie NICHT! Und du bist zu jung, um etwas über das Jahrhundert zu wissen, in dem du lebst!
HMPF
WUFF!
Ihr habt einen süßen Hund. Wie heißt er?
SCHNURR SCHNURR
Löwe.
Löwe? Das ist ein lustiger Name für so einen kleinen Hund.
Man kann wohl sagen, dass er seine großen Momente hat.

Dein Name ist auch sehr hübsch. Gibt es den häufiger in deiner Familie?
Ja.
Zumindest glaube ich das.
Ich hab ja keine RICHTIGE Familie mehr, die mir das sagen kann.
Was sind Selimene und Carlotta überhaupt für Namen?
Geachtete und gefürchtete Namen mit einer laaaangen Geschichte!
Wen interessiert's? Entschuldige die Frage.
Reizendes Kind.

Möchtest du dich jetzt umsehen? Wir haben ein paar besondere Bücher in der Bibliothek.
ICH LESE NICHT!
ICH BLEIBE NICHT!
Nun ... ich fürchte, du wirst etwas Zeit mit uns verbringen müssen, mein Schatz.
Wir verstehen, dass das hier sehr plötzlich für dich kommt ... für uns ja auch. Und ... wenn du aus irgendeinem Grund...

... hier unglücklich bleiben solltest, tun wir unser Bestes, um ein Zuhause zu finden, das besser zu dir passt. Aber schau mal ... deine Mutter hat uns verlassen und ...
STOPP!
KEINE SORGE! ICH WILL EUCH AUCH NICHT!! Meine Mutter war schlimm genug, aber ihr seid noch übler!
Tja ... du hast wirklich ein Händchen für Kinder, meine Liebe.

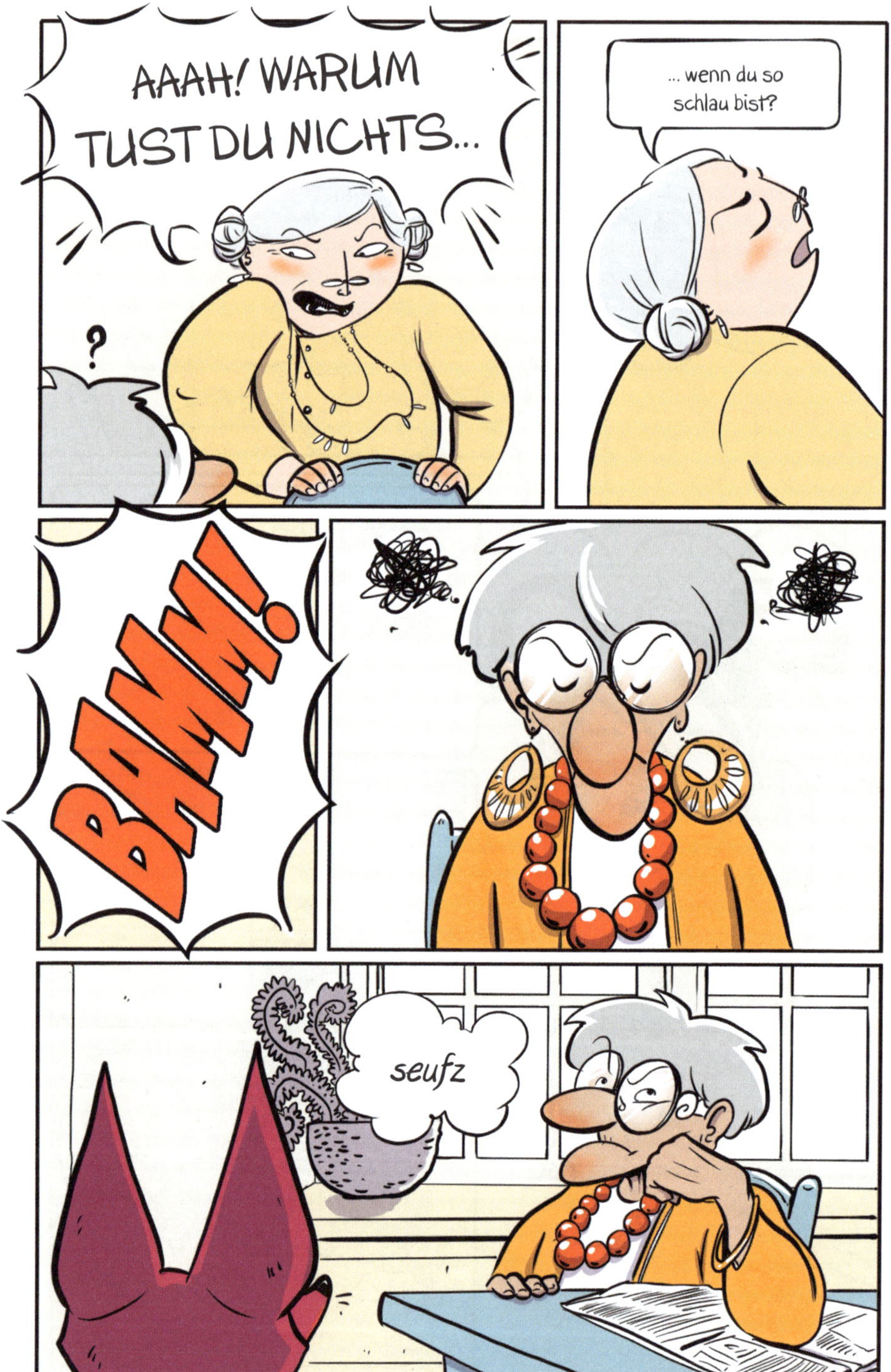
AAAH! WARUM TUST DU NICHTS...
?
... wenn du so schlau bist?
BAMM!
seufz

OH! Schau mich nicht so an, Löwe!
Na gut. Ich rede mit ihr ... Sie ist jetzt schon eine Plage! Dabei ist sie erst eine Nacht hier!
KLOPF! KLOPF!
KOMM BLOSS NICHT REIN!!!

Nun ...
dann eben nicht.
KLOPF! KLOPF KLOPF!
Wir beide hatten einen schlechten Start. Pass mal auf, kannst du mir sagen, wie wir's angehen sollen?
Ich ... will nichts angehen!
Ich will GAR NICHTS machen! Ich will nicht hier sein. Ich ... ich will zu meiner Mom ...
BUHH

Ich kann deine Mutter nicht zurückbringen, Effie. Aber ich kann dir ein Zuhause anbieten ... und meine Freundschaft ... was auch immer die wert ist.
BUUU
HUUU

?
ICH HAB DICH GEHÖRT!
DU HAST GESAGT, DU WILLST MICH NICHT HABEN!!
Das STIMMT!
Das habe ich gesagt, und es tut mir leid.

SEUFZ
Manchmal schlage ich im Eifer des Gefechts einfach über die Stränge ... Es tut mir leid, dass ich deine Gefühle verletzt habe, Effie. Entschuldigung.
Du entschuldigst dich ...?!
Ja. Ich habe mich wie eine scheußliche alte Schildkröte benommen und es tut mir leid.
Bei mir hat sich noch nie ein Erwachsener entschuldigt ... niemals.

Schätze, es gibt für alles ein erstes Mal ... Autsch! Mein Rücken!
KRACK
Fühlt sich irgendwie gut an.
Mmh?
Mmh.
Oh! Das hätte ich ja fast vergessen. Dein Koffer. Die Blindschleiche hat ihn hiergelassen.
DANKE!!
Ich dachte schon, den seh ich nie wieder, nachdem du gestern vor dem Agenten so ausgeflippt bist.

Mmh ...
Ich war etwas gereizt ... das stimmt ...
War wahrscheinlich nicht so gut.
HA! Etwas gereizt! Dann will ich nicht sehen, wie es ist, wenn du sehr gereizt bist!
Wie findest du das?
AAAH!!
Ehrlich?
Hier! Da kannst du deine hübschen T-Shirts reinlegen.
Also ... du wusstest gar nichts von mir ...
... vor letzter Nacht?

Nein. Ich meine ... ich wusste, dass es dich gibt. Wir haben eine Karte von deiner Mom bekommen ...
Willkommen, Effie Grace Josephine
8 LBS | 4 oz
Aber weißt du ... deine Mom und ich, wir kannten uns nicht so gut. Ich lebte schon im Ausland als sie geboren wurde und wir haben uns nur ... sehr selten gesehen ...
Ich war ein süßes Baby.
Oh ja!

Und was ist mit dir?
Mit mir?
Was hast du von mir gewusst?
Mm ... nicht viel.
Danke ...
Ich erinnere mich, dass meine Mom dich mal erwähnt hat. Sie sagte, du wärst viel älter ...
Alt genug, um IHRE Mom zu sein ... und sie sagte, du hättest deine Sache wahrscheinlich besser gemacht ...
Das fand ich komisch, darum erinnere ich mich daran. Sie hat nicht viel über die Familie gesprochen.

Ich hatte keine Ahnung, dass Emily so gedacht hat …
Fertig!
Großartig!
Komm! Ich zeig dir alles, Zuckerstück!
WOW, Vorsicht mit den Spitznamen, Tantchen! Ich bin kein ZUCKERSTÜCK!

Heilige Ananas! Das kann ja heiter werden mit dir!
Sind das ... Familienfotos?
Sozusagen. Familie und Freunde.
Deine Familie sieht interessant aus.

Wo wir gerade vom Aussehen sprechen, bitte nimm's mir nicht übel, aber du könntest eine Dusche gebrauchen ... und einen Kamm.
Ich mag euer Haus ...
Und einen Satz frische Klamotten ...
Es fühlt sich echt riesig an ... ich habe noch nie in einem so großen Haus gewohnt.
Und vielleicht eine Ohrenreinigung ...?

Ach ... okay, okay, können wir zuerst den Rest vom Haus anschauen?
Aber sicher, Schätzchen.
Ich bringe ein paar Scones für den Rundgang!
Mmm!
Die sind gut!
Du einfühlsame Blume! Ich wusste, du hast das Zeug dazu!
Hör auf!
Singende Kokosnuss! Lass den Quatsch!
HE HE HE!!

ERDGESCHOSS

ERSTER STOCK

2. STOCK

?
Was macht ihr mit all diesen Pflanzen?
Das sind keine normalen Pflanzen, Effie. Sie haben heilende Eigenschaften.
Unterschätze niemals die Kraft der Natur, Kind! All diese Pflanzen werden benutzt, um Leute zu heilen.

Moment mal. Heißt das, ihr seid Ärztinnen?
Gewissermaßen ...
Wir sind KRÄUTERHEILKUNDIGE, meine Liebe.
...?
Schau mal, für alltägliche Schmerzen und Wehwehchen braucht man keine Chemiekeulen. Jahrhundertelang haben die Leute sie mit Pflanzen geheilt!

Und wie genau macht ihr aus einer Pflanze Medizin? Habt ihr ein Labor oder so was?
Sollen wir dir den Rest vom Haus zeigen, meine Liebe?
JA! Weiter geht's, sonst versacken wir noch hier!
!?

Ich hasse es, wenn Leute meinen Fragen ausweichen!
Was verbergen sie vor mir?
Und hier ist das Akupunkturbüro.
Igitt! Ihr steckt Nadeln in Menschen?
Oh man, ich muss mich setzen!

Du hast wirklich einen Hang zur Dramatik, Kind.
Die Nadeln, die wir benutzen, sind ganz leicht und dünn, Effie. Nicht so wie Nähnadeln.
Ja, aber, aber ...
ES SIND NADELN!
Besondere Nadeln. Man spürt sie nicht mal.
Und Akupunktur ist wieder in Mode, mein Schätzchen!
Das ist wahr, sie hat ein Comeback!

Mit gutem Grund! Es geht dir damit besser!
Sieh es mal so: unsere Körper werden von einer Menge winziger Energieflüsse durchzogen ...
Wenn die Strömung blockiert ist, helfen die Nadeln, den Weg wieder zu öffnen.
Und was ist hinter dieser Tür?
Nur ein unfertiger, chaotischer Keller. Nichts, was du sehen willst ...

HMPF. Okay.
Essen wir noch ein paar von Carlottas köstlichen Scones, bevor wir dich in die Dusche stecken.
Also ... die Leute machen hier Termine und so was?
In der Tat erwarte ich jemanden in zehn Minuten.
AAH ... ich hatte fast vergessen, dass Donnerstag ist.

Das ist der Tag von Mrs Onery.
Jetzt geht's wieder los ...
Wer ist Mrs Onery?
Eine Verrückte, die jeden Donnerstag herkommt.
Sie ist KEINE Verrückte, Selimene! Sie braucht Hilfe!
Sicher!

Es ist mitleid- und taktlos, so etwas zu sagen!
Aah ... du hast natürlich recht. Wie wär's mit „unausgeglichene laute Dame"?
DU BIST UNMÖGLICH! Effie, hör nicht auf deine Tante!
Ich glaube, das wird echt witzig.
Was, Zuckerstück?
Bei euch beiden zu leben.

Oh! Es ist also beschlossen?
Ich bin so froh, Effie!
Willkommen an Bord, Zuckerstück!
Driiiing! Driing!!
Ah, entschuldigt mich, meine Damen.
CARLOTTA!! ICH BIN DIESE WOCHE FAST GESTORBEN! MEIN KLEINER FINGER BRINGT MICH UM!
Siehst du?
Aber sag mal, meine Liebe. Wie wär's wenn wir dich heute für die Schule anmelden?

HUST!
HUST, HUST!
JETZT SCHON?!
Ein junger und brillanter Geist wie deiner muss gefüttert werden, Schätzchen!
AAAAHH ...

Gibt es in diesem Viertel überhaupt Schulen?!
Oh, du wärst überrascht, was es in diesem Viertel alles gibt!

Kapitel 2

Montag, 8 Uhr, eineinhalb Wochen später.
NEIN! DAS ZIEHE ICH NICHT AN!!
KAI

ICH HASSE ES!!
Ich verstehe dich wirklich nicht, Kind. Du siehst in diesem Outfit bezaubernd aus!
Was meinst du, Carlotta?
Ich finde, wenn es um Mode geht, ist dein Geschmack so einzigartig wie du, meine Liebe.
GENAU!
ICH FRAG DICH, WENN HALLOWEEN IST!
HEE, HEE...
HMPF!

Was macht sie denn?! Wir kommen zu spät!
Wir wohnen nur zwei Minuten von der Schule weg, Selimene. Alles gut.
Ich bin fertig.
Und dafür hast du so lange gebraucht?! Jeans und Pulli?
JA! Und es gefällt mir! Danke!
Du siehst hübsch aus. Gehen wir, sonst kommen wir zu spät.

Das wird schon, Effie. Es ist normal, am ersten Tag nervös zu sein.
Mir fällt gerade ein … ich fand neue Kinder in der Klasse immer aufregend.
Die Freude, jemand Neuen kennenzulernen …

Zu sehen, ob der Buchdeckel zum Innenteil passt ...
?
Genau. Und wenn einige Kinder nicht nett sind, gib ihnen eins auf die Nase!
HA HA HA HA!
SELIMENE!! WIE KANNST DU SO ETWAS SAGEN?!
War nur ein Scherz, Carlotta.
Ich wollte sehen, ob ich sie zum Lächeln bringen kann.
Da sind wir, Effie. Weißt du noch, wo du hinmusst?
Ja ... wir haben die Schule tausendmal angeschaut. Ich könnte eine Karte aus dem Gedächtnis malen.

Sie schafft das,
Selimene.
Natürlich wird sie das!
EFFIE!

Klasse! Ich möchte euch eure neue Mitschülerin Effie vorstellen.
Effie ist gerade erst hergezogen und ich zähle darauf, dass ihr ihr zeigt, wie wir Leute hier in Brooklyn willkommen heißen.
september
Du sitzt neben Oliver und Berrit, Effie.
Okay.
Hi!
Hi!
In dieser Stunde arbeiten wir an unseren Gruppenprojekten. Berrit, Oliver, bitte nehmt Effie mit in eure Gruppe auf.
Unser Projekt ist über die Sumerer. Ein erstaunlich erfinderisches Volk.

Also ... was hat deine Familie nach Brooklyn verschlagen?
Meine Mutter ist gestorben.
Und meinen Vater kenne ich nicht. Jetzt lebe ich hier bei meiner Tante ... die eigentlich eher wie eine Großmutter ist.
Mein herzliches Beileid!!!
Ich habe meine Eltern auch verloren und weiß, wie heftig das ist ... Sag Bescheid, wenn ich irgendwas tun kann.

Also, die Keilschrift war ...
Vielleicht kannst du sie jetzt loslassen, Berrit ...
JA! SORRY, NATÜRLICH!
Schon okay.
... und die Mesopotamier.

Astrid. Immer am Angeben! Ich kann nicht fassen, dass sie ein Smartphone mit zur Schule gebracht hat!
Das ist absolut verboten!
OH MEIN GOTT!! IST DAS DAS „X12"?!
sch ... natürlich!
Hast du ein Smartphone, Effie?
Ich?! Ich wette, meine Tante weiß nicht mal, was das ist!
Mein Bruder und meine Schwester haben beide eins.
Und erfüllt überschäumende Freude ihr Leben, seitdem sie es haben?
Haha! Nein, aber sie waren echt happy!
Ich finde einfach nur, du legst zu viel Wert darauf, ein Smartphone zu haben, das ist alles.
Klar, es ist toll, eins zu haben, aber denk an all die Zeit, die du damit verschwendest! Du verpasst so viel vom echten Leben.

Pff ...
das Gerede ertrage ich nicht schon wieder.
Hast du mal diese Studien gelesen?! Sie sind erschreckend!
TEMBER

TSCHÜSS, EFFIE!
BIS MORGEN!
Und, musstest du heute jemanden schlagen?
HA! HA! HA!
Ich hab zwei echt coole Kinder kennengelernt. Ich sitze in der Klasse neben ihnen.
Und wisst ihr was? Einer ist auch Waise!
Darüber habt ihr schon gesprochen?

Ja, warum?
Nur so! Wie heißt er?
Oliver Baal.
Oh, ich kenne die Baals. Sie leben auf der Marlborough Road.
Mrs Baal ist mal zur Beratung gekommen. Das ist schon lange her ... Sie ist eine nette Dame, die anscheinend viel arbeitet.
Ja. Oliver hat erwähnt, dass seine Tante stundenlang arbeitet. Darum hat er einen Au-pair aus Schottland.
Wenn du möchtest, darfst du deine Freunde gerne mal einladen.

OH! Und wisst ihr, was ein Smartphone ist?
Wir sind vielleicht alt, aber wir leben nicht in der Steinzeit, weißt du?
Ob du es glaubst oder nicht, wir haben INTERNET im Haus!
NIEMALS!
OH DOCH!
Nun, entschuldigt mich, ich habe in zwei Minuten einen Patienten.

KLICK

ZZZ
EFFiiiiie
MOM?!
MOM
MOM, WARTE!
MOM!

MOM...
OOOOOOOOOOOOOOO

STOPP!!! ICH BIN WACH.
KÖNNT IHR AUFHÖREN, MIR LÖWE ALS WECKER ZU SCHICKEN?! Das ist ein echt anstrengender Start in den Tag, wisst ihr?
Aber er liebt es doch so! Und ich finde, seine Stimme hat sich schon sehr verbessert, oder?
Grrr...
Holt Archibald dich heute ab?

ARCHI-WER?! ... WAS?!
ARCHIBALD. Olivers Au-pair. Wir laufen zusammen zur Schule.
DRIIING - DRIING - DRIING
DA SIND SIE!
Sie leben ein paar Blocks weiter, sie sind in der gleichen Klasse ... das ist perfekt, Selimene.
MORGEN.
JAAAA ...
AAAH ... SELIMENE!
AAH ... KÖNNEN WIR JETZT GEHEN?

Einen schönen Tag, Kinder!
Bis später.
Auf Wiedersehen, Ms Huchbolt-Walloo!
Ich weiß ja nicht, wie er als Babysitter ist, aber ich liebe den Stil von diesem Archi-Ball ...
ARCHIBALD, Selimene. Sein Name ist Archibald.
Ist deine Großmutter in der Modebranche, Effie?
WAS?! NEIN! Sie ist Akupunkteurin.
Ah, okay ... sie wirkt ... sehr speziell ...
Wem sagst du das!

IN DER PAUSE ...
Wollt ihr beiden mich am Wochenende besuchen?
RATE mal, wo mein Dad am Wochenende mit mir hingeht!
TILY SHOOS Konzert im Central Park!
WOW!
So eine ANGEBERIN!
?

Wer interessiert sich schon für Tily Shoo?
WIR!
MEIN GOTT! SORRY!
Egal, ich würde dich auf jeden Fall gern am Wochenende besuchen ... Danke für die Einladung.
!
?
Klar kommen wir vorbei!

In der Nacht gegen 1 Uhr.
DRING-DRIING-DRING-DRIING-DRIN
MH?
NICHT SCHON WIEDER!!!

Hast du noch eine Schwester, meine Liebe?
HA HA! Sehr witzig!
Versuch ruhig zu bleiben, wer auch immer das ist.
MMH...
WISSEN SIE, WIE SPÄT ES IST?
WA...
WIR BRAUCHEN ÄUSSERSTE DISKRETION!

Guten Abend. Ich meine, guten Morgen. Entschuldigen Sie unser Eindringen.
(. . .)
Liegt's an mir oder wurde unser Haus gerade eingenommen?!
VON EINER BANDE RABAUKEN!
ICH REISS EUCH IN STÜCKE! VERBRECHER!
DAS IST PRIVAT-BESITZ! IHR WÜSTLINGE!!
RAUS AUS MEINEM HAUS!!

Die Vorräte reichen aus. Kein Grund zur Sorge.
Ja, wir sind da. Nein. Ich weiß nicht. Sehr abgelegen, ja. Nahezu antik.
Diese Tür ist eine Schwachstelle.
Die Verbindung ist relativ gut.

WAS FÄLLT IHNEN EIN!?
EINFACH SO IN PRIVATBESITZ EINZU-DRINGEN!
?!
Entschuldigen Sie vielmals. Wir hatten keine Wahl. Sie sind buchstäblich unsere letzte Chance!

Ich hoffe, Sie haben einen guten Grund, sonst rufe ich die Bullen!
Himmel! Carlotta ...
NEIN! HÖREN SIE ZU. WIR HABEN HIER EINEN NOTFALL!
Eine etwas seltsame Situation, die eine Sonderbehandlung erfordert - oder sollte ich besser sagen: ein Wunder?

Eine sehr rote junge Dame, und …?
Sie wissen schon, dass wir keine Visagistinnen sind?
Sie erkennen sie nicht, oder?
SIE ERKENNEN MICH NICHT!
Tily Shoo. Klingelt da was?
BUUUUUUU
EFFIES SÄNGERIN!

SEUFZ
Okay. Sie haben unsere Aufmerksamkeit, Lady. Was genau ist mit Ihrem Popstar passiert?
Nun ... Tily?
BOOOOU
Kannst du bitte für einen Moment aufhören zu heulen und deine Geschichte erzählen?
Ja.
SCHNIEF! SCHNIEF!
Es fing alles auf der schrecklichen Party von meinem Freund Henry an.

Ein einfaches Treffen mit Freunden an einem Samstagabend ...
Ich lernte ein Mädchen namens Catherine kennen und wir haben uns eine Weile unterhalten.
Bei unserem hektischen Lebensstil ist es schwer, hübsche, glänzende Haut zu behalten.
Schau dich an, Tily. Du bist EINE SCHÖNHEIT!
Aber deine Haut ist nicht so umwerfend, wie sie sein könnte.

WIRKLICH?! Was soll ich nur tun?
Mmm ... ich sollte es dir wohl nicht sagen.
Aber ich bin so ein Fan von dir, dass ich dir mein Geheimnis verrate.
Ich habe eine Spezialcreme. Sie wird in Peru hergestellt, von einem kalifornischen Schamanen.
Die Wirkung auf die Haut ist absolut magisch, UND DAUERHAFT!
Ich würde sie erst vor dem Schlafengehen auftragen.
Oh! Ich kann's kaum erwarten!

Und am nächsten Morgen bin ich so aufgewacht! Ich habe sofort Diane angerufen.
Und seitdem haben wir absolut alles probiert.
TUUT
TUUU TUUT
Tja, Sie sind ziemlich naiv …
Sch, sch … Selimene! Was genau meinen Sie mit „alles"?
Hautcremes, Laser, alle möglichen Gesichtswasser, Tonerden, Peelings … Wir haben sogar Blutegel an mein Kinn gesetzt, um zu sehen, ob sich das auf die Farbe auswirkt!

Und vergiss nicht die Lichttherapie und die Quinoa-Diät!
Ja ... das auch ... und da hat Shirley - eine meiner Backup-Sängerinnen - Sie erwähnt.
Nein! Ich rede nicht mit dir.
Sie erinnerte sich, dass ihre Mutter über Sie gesprochen hat. Also haben wir recherchiert und Sie gefunden. Sie sind Wunderheilerinnen, stimmt's?
Ich brauche einen starken Kaffee.
So ist das nun mal, wenn man seinen Job gut macht, Carlotta!

?!
Aber mal im Ernst ...
Warum warten Sie nicht
einfach ab? Vielleicht geht
es ja von selbst weg.
ABER WIR HABEN
KEINE ZEIT!!
Ich muss dieses
Wochenende auf die
Bühne! In zwei Tagen!
IN ZWEI TAGEN!
ZWEI TAGE ...
Hmm...

Könnte ich...
... auch ... einen Kaffee ...
!!
?
Mir fallen ein paar Dinge ein, die man relativ leicht ausprobieren könnte.
ICH WERDE ALLES TUN!!
ICH BRAUCHE EIN WUNDER!
Geld
ist kein
Problem.

Oh, es geht nicht um Geld, meine Liebe.
Könnte man sich mit Geld Seelenfrieden und ein fröhliches Herz kaufen, wären wir nicht hier, oder?
Wir tun unser Bestes und schauen, wie weit uns das bringt, aber am besten danken Sie unserer ...
WUFF
... NICHTE.
Feiert ihr eine Party?
Nicht ganz.

TILY SHOO
Hier ist jemand, der Sie erkennt.
ICH BIN EIN **RIESENFAN**!!! IHR LETZTES ALBUM IST **HAMMER**! DAS LIED „MAYBE YOU'LL REMEMBER ME NOW", OH MANN, DAS HAUT MICH UM!
EINFACH DER WAHNSIN
Sehr nett. Danke, Kind. Wenn es dir nichts ausmacht, geh wieder ins Bett, oder wo auch immer du hergekommen bist. Wir habe ernste Dinge zu besprechen und ein junger Superfan ist das Letzte, was wir brauchen!
HUST HUST

PAM
PAM
Effie geht nirgendwohin, wenn sie nicht will!
Das ist supercool!
Sie gehört zu uns. Sie bleibt!
Was ...
Was ist los?

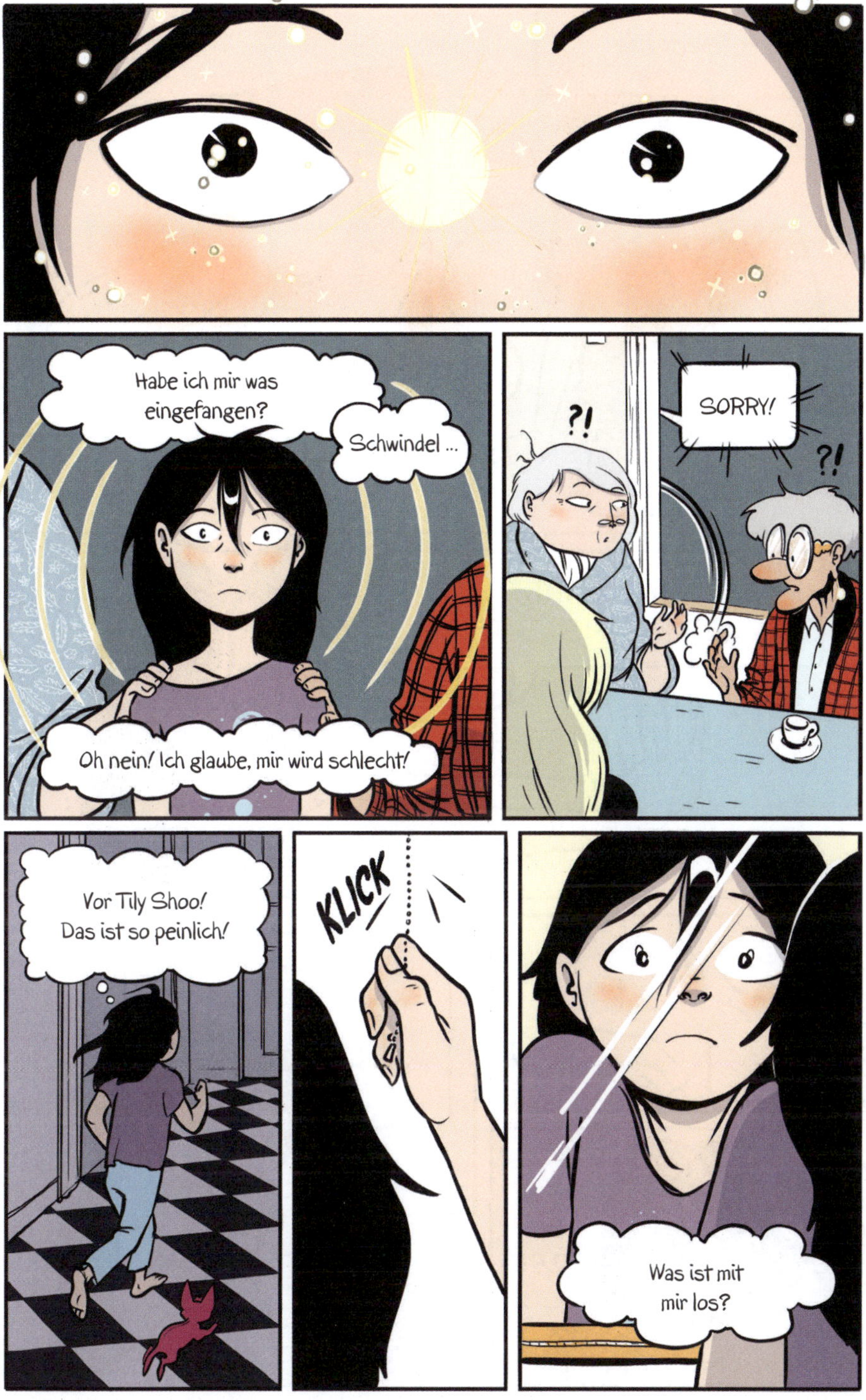
Habe ich mir was eingefangen?
Schwindel ...
Oh nein! Ich glaube, mir wird schlecht!
?!
SORRY!
?!
Vor Tily Shoo! Das ist so peinlich!
KLICK
Was ist mit mir los?

Ich fühle mich so komisch, Löwe ...
Mir ist heiß.
Mir ist kalt.
Mir ...
KEUCH!
ICH LEUCHTE!!! LÖWE, ICH LEUCHTE!
Und meine Zehen auch!
Hat das Wasser in Brooklyn mich vielleicht radioaktiv gemacht? So kann ich nicht zurückgehen ...
OOOH
Sterbe ich?

Wir bringen Sie im Wohnzimmer unter. Es...
Ich brauche Socken und Handschuhe!
Wohin gehst du?
Du bist wirklich etwas Besonderes, Löwe. Danke.
Machen Sie's sich gemütlich. Es kann ein Weilchen dauern.

Alles in Ordnung, Kind? Ich hab mir Sorgen um dich gemacht! Wozu die Handschuhe?
Ich glaube, mit mir stimmt was gewaltig nicht.
WAS?!
OH!

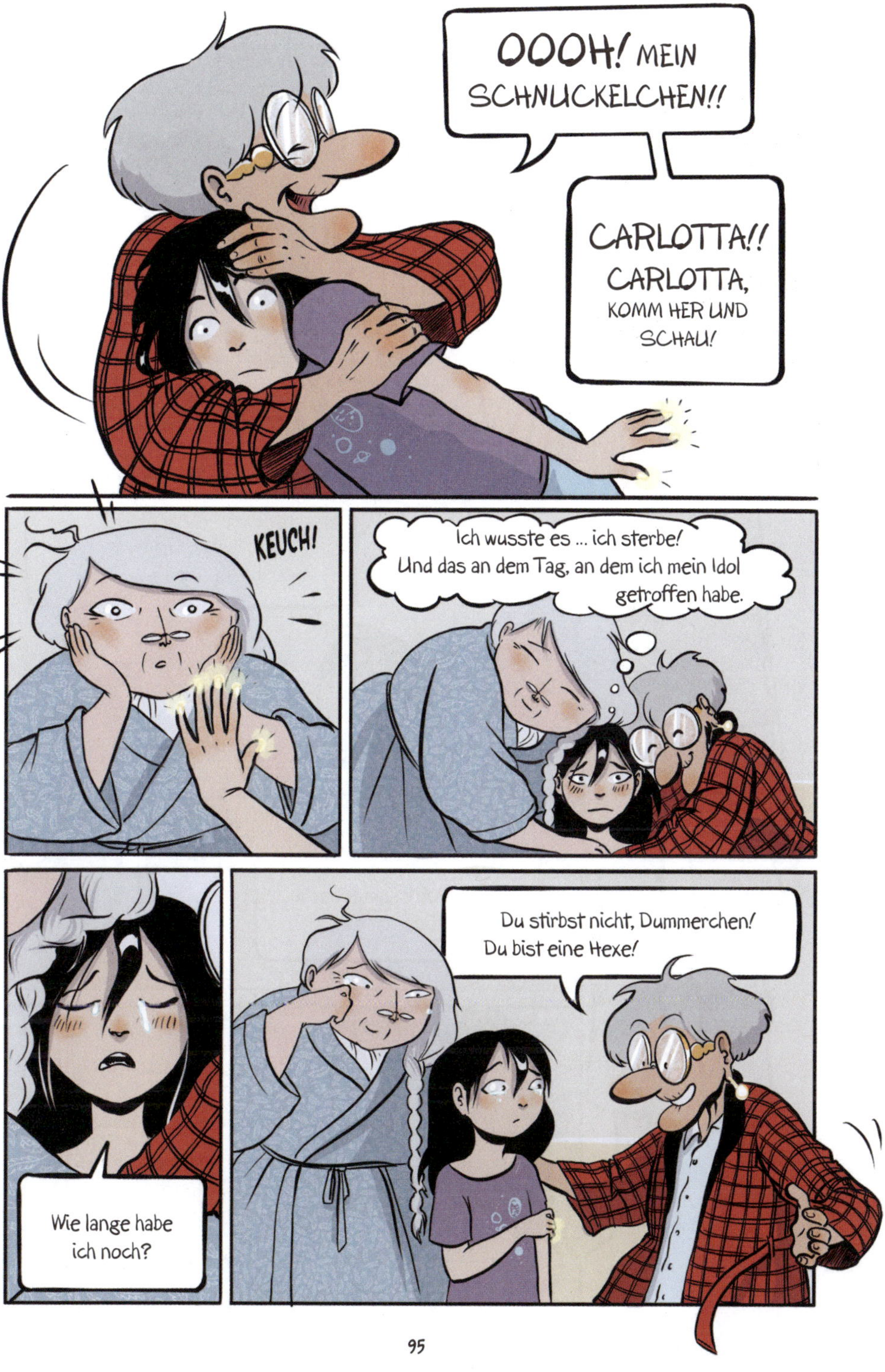
OOOH! MEIN SCHNUCKELCHEN!!
CARLOTTA!! CARLOTTA, KOMM HER UND SCHAU!
KEUCH!
Ich wusste es ... ich sterbe! Und das an dem Tag, an dem ich mein Idol getroffen habe.
Wie lange habe ich noch?
Du stirbst nicht, Dummerchen! Du bist eine Hexe!

Ich bin eine Hexe ... Ich sterbe also nicht ... und darum leuchte ich.
So ein Glück.
WARTE!
WAS MEINT IHR MIT HEXE?!
Genau das, Schnucki! Eine Hexe.
Deine Kräfte sind erwacht, Effie. Das ist alles.
Komm mit!
Die Kellertür wie in meinem...
Traum ...

Kapitel 3

Kommst du, Zucker-stück?
ICH GLAUBE, SIE SCHLÄGT WURZELN.
AAAH!!
WAS IST DAS?!

JUNGE DAME, ES IST EINE FREUDE, IHRE BEKANNTSCHAFT ZU MACHEN.
Das ist Francis, Effie. Unser Bibliothekar.
!
Und der Wächter dieses Ortes.
ENTZÜCKEND. WIE SCHÖN, MAL ETWAS JUGEND IN DIESEM HAUS ZU HABEN.
Hi.
Das sagt der Richtige.
Was ist das hier?
Nur ein bescheidenes Hexenlabor.

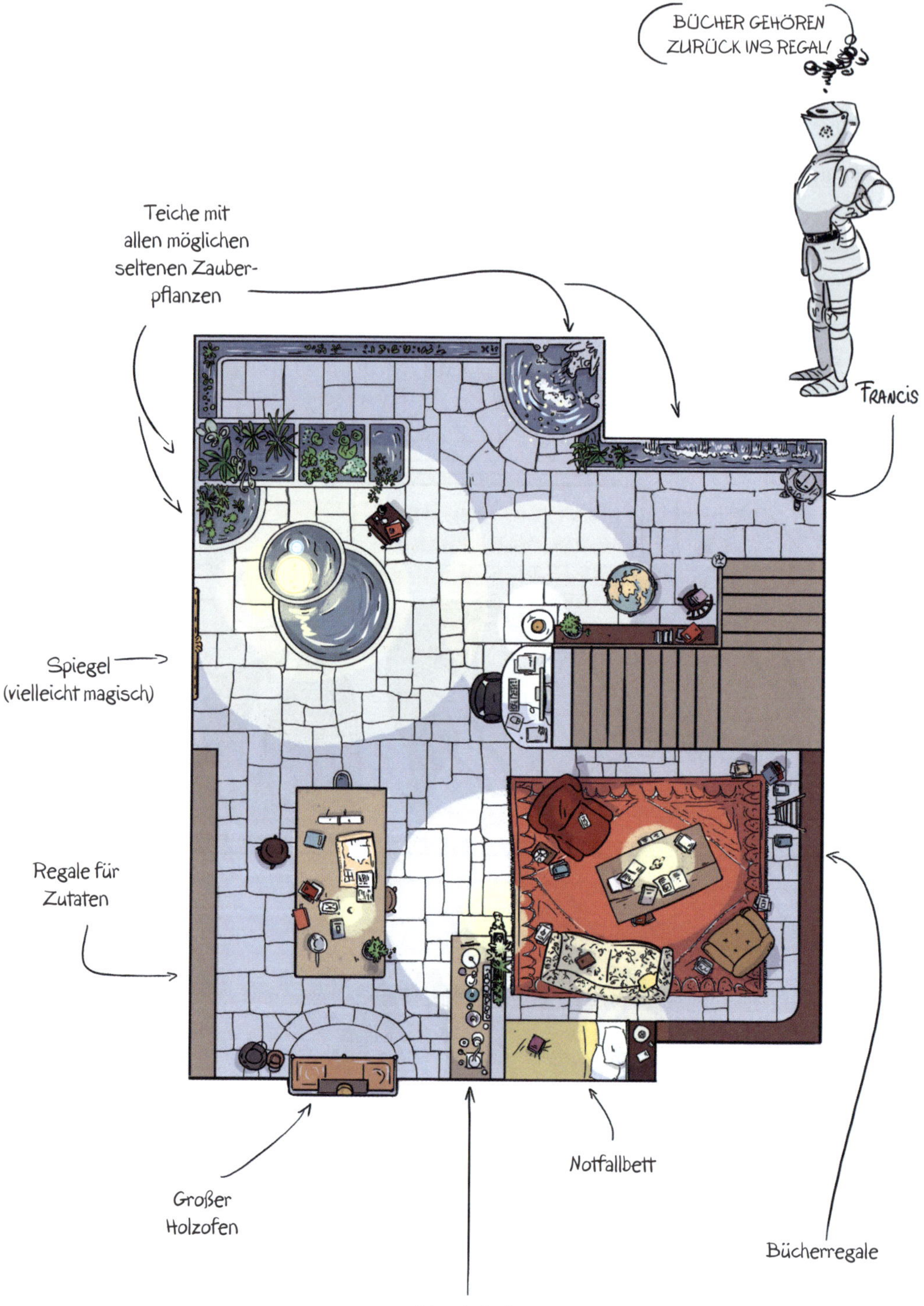
BÜCHER GEHÖREN ZURÜCK INS REGAL!
FRANCIS
Teiche mit allen möglichen seltenen Zauberpflanzen
Spiegel (vielleicht magisch)
Regale für Zutaten
Großer Holzofen
Chemietisch
Notfallbett
Bücherregale

Mit Wasserspeiern und leuchtenden Pflanzen ... leuchtenden Fischen ...
COOL! Haben alle Hexen solche Labore?
Und ... OH GOTT! ICH leuchte ja auch! Wie lange dauert das? Ist das für immer? Ist es überhaupt erlaubt, eine leuchtende Hexe zu sein?!

Reg dich nicht so über das Fluoreszieren auf, Schnucki. Alles ist gut!
Das Leuchten deiner Fingernägel ist nur vorübergehend. In einer Woche sieht man es nicht mehr.
Ich bin also nur eine Woche lang eine Hexe?
Ha ha ha! Nein, Schätzchen. Einmal Hexe, immer Hexe!
Und ... was genau macht eine Hexe?
Das ist das Schönste daran. Alles!
Du kannst alles tun, was du willst. Eine Hexe zu sein heißt nicht, sich wie ein Scheusal aus einem Zeichentrickfilm zu verhalten!

Selimene und ich haben entschieden, unsere Kräfte zu nutzen, um anderen zu helfen. Um es einfacher zu machen und niemanden zu ängstigen, nennen wir uns Akupunkteurinnen und Kräuterheilkundige. Was wir auch sind – aber nicht nur.
Warum sollten sie Angst haben, wenn ihr helfen wollt?
Weil das Unbekannte beängstigend ist, Effie. Die Leute haben Angst vor dem, was sie nicht benennen oder verstehen können.
Heißt das, wir müssen unsere Kräfte verstecken?
Eher tarnen, aber im Prinzip ja.
Warum sind meine Kräfte gerade jetzt aufgetaucht?

Deine Kräfte sind nicht einfach aufgetaucht, Effie. Sie haben bis heute geschlummert, aber du wurdest mit ihnen geboren!
Vielleicht hat es sie aufgeweckt, dass ich in diesem Haus bin, umgeben von Magie.
WESHALB DU ZU DEN GLÜCKLICHEN ZÄHLST! IN VIELEN SCHLUMMERN KRÄFTE, DIE NIEMALS ERWACHEN.
AH!!

Wenn du so weitermachst, Francis, werde ich nicht lange genug leben, um sie zu benutzen!
VERZEIHUNG, MEINE DAME. VON NUN AN WERDE ICH SINGEN, SOBALD ICH MICH BEWEGE.
Gnade, lieber Francis. Tu uns das nicht an!
Ja, Francis. Hab Erbarmen!
Ich möchte noch eine letzte Sache zu deinem neuen Hexenstatus sagen, Schnucki. Kraft bedeutet Verantwortung!
Ha ha! Du klingst wie Obi-Wan Kenobi!

Das war kein Witz. Du musst trainieren!
JUNGER PADAWAN!
HA HA HA HA!
Superwitzig, Francis!
Training IST wichtig. Doch wir sollten uns langsam mal um das Problem unserer roten Sängerin kümmern, ihr beiden.
Tily Shoo! Hätte ich fast vergessen!
Sie sah nicht aus wie sonst.
Aber selbst in Rot ist sie superhübsch.
Findet ihr nicht?

Hmmm.
Ich hab nur ein super-
großes Ego gesehen!
Sie ist ein Star!
Nun, im Moment
ist sie rot. Was
schwebt dir vor,
Carlotta?
Ich glaube,
wir sollten mit
einer starken
Fluch-Ent-
fernung
beginnen.
Was ist das, Selimene?
Halme.
Aus einem speziellen Stroh. Hier,
das ist vielleicht interessant für dich ...

Nimm einen Halm.
Halte ihn so in der Hand.
Und nun halte ihn über die Nephlare.
Genau so. Mach kleine Kreise in der Luft.
GUT!
Du bist ein Naturtalent, Kind! Ich hole noch was.
WARTE!
Was soll ich damit machen? Darf ich mich bewegen?

Komm langsam hier rüber, Effie. So als würdest du eine Tasse mit heißem Tee tragen, den du nicht verschütten willst.
Ich trinke keinen Tee.
Perfekt.
Was ist das für ein Ding, Carlotta? Sieht aus, als wäre es lebendig.
Gewissermaßen ist es das. Das sind Pollen, meine Liebe. Es gibt nichts Besseres als Nephlar-Pollen, um einen Fluch zu brechen!
Und was ist das?

Humbint. Es ist eher ungewöhnlich, es in einen Gegenfluch-Trank zu geben.
Aber wir hatten großen Erfolg damit.
Haben nur die Mischung etwas geändert.
Und was ist das, Selimene?
GÜTIGER GOTT! DU HÖRST WOHL NIEMALS AUF, FRAGEN ZU STELLEN?!
Wie soll sie denn etwas lernen, wenn sie keine Fragen stellt?
Fragen zu stellen ist wundervoll, Francis!
VERZEIHUNG! MIR WAR NICHT KLAR, DASS WIR ALLE UNSEREN SINN FÜR HUMOR VERLOREN HABEN!
Dies ist eine weitere Rarität, die wir hier unten anbauen, meine Liebe. Es ist ein Pilz.
Hier! Wir sind fast fertig!

Nun ist dein Geisteszustand entscheidend. Du musst ruhig, zuversichtlich und überzeugt sein.
Stell dir vor, wie Wellen an den Strand spülen.
Macht immer wieder Spaß.
Kommst du, Schnucki? Wir sollten nachsehen, wie deine Sängerin ohne das Rot aussieht!

Ich ruf dich zurück.
BEREIT?
Macht es Ihnen was aus, mit uns ins Büro zu kommen, Tily?
JA!
Ich meine NEIN! Ich komme. MARTIN! Du kommst auch mit!
Zuerst waschen wir Ihr Gesicht mit dem Trank.

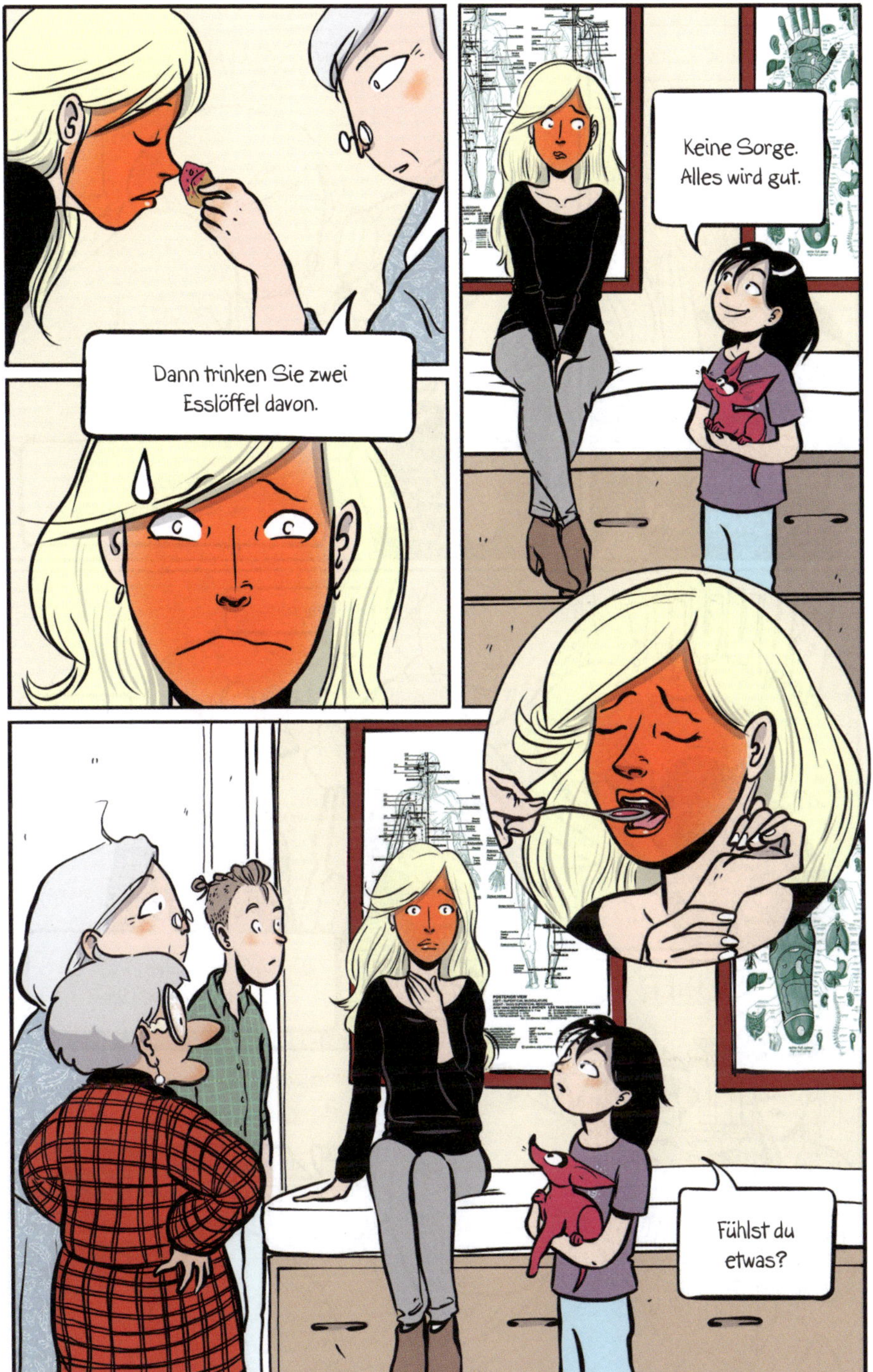
Dann trinken Sie zwei Esslöffel davon.
Keine Sorge. Alles wird gut.
Fühlst du etwas?

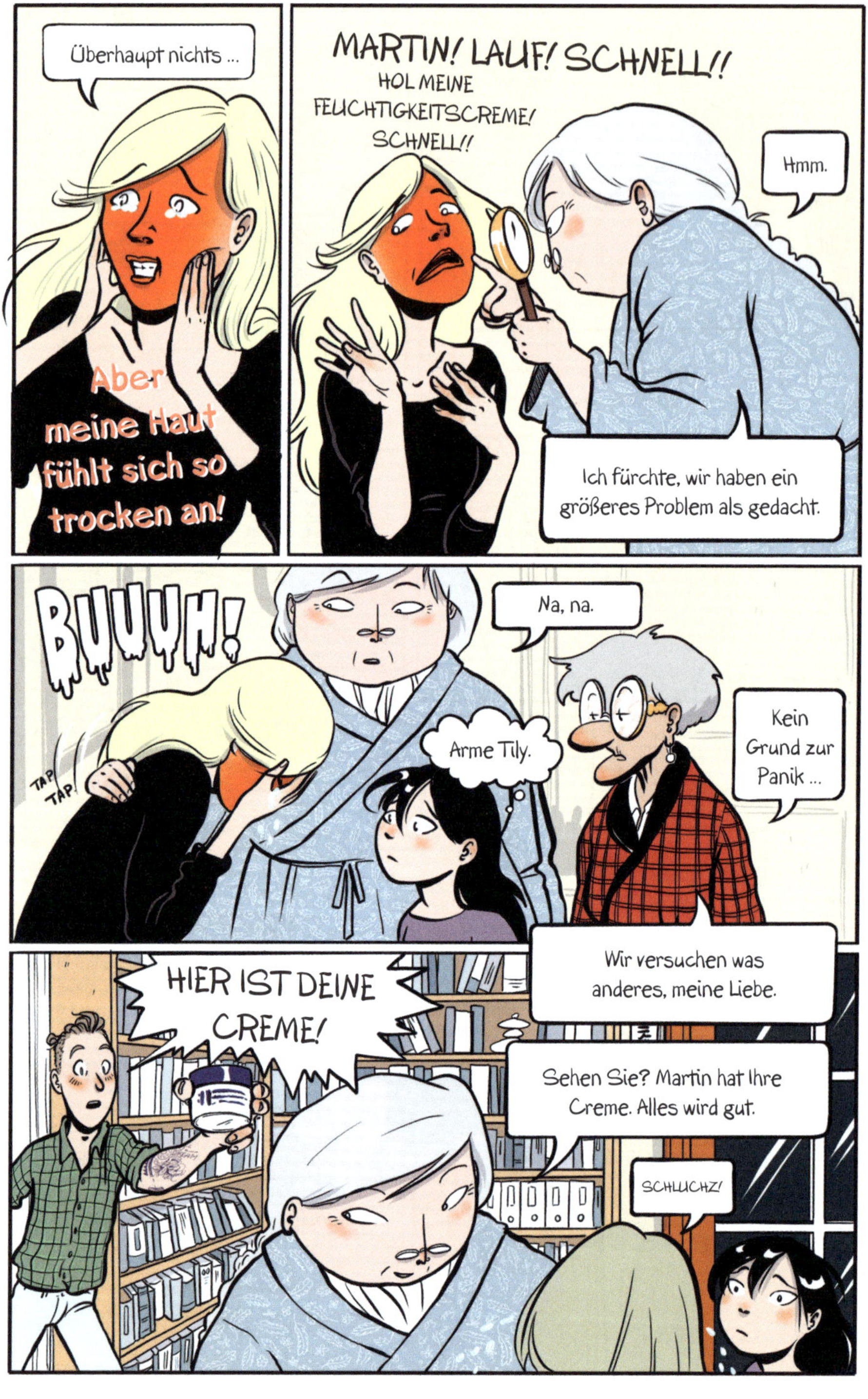
Überhaupt nichts ...
Aber meine Haut fühlt sich so trocken an!
MARTIN! LAUF! SCHNELL!!
HOL MEINE FEUCHTIGKEITSCREME! SCHNELL!!
Hmm.
Ich fürchte, wir haben ein größeres Problem als gedacht.
BUUUH!
TAP TAP
Na, na.
Arme Tily.
Kein Grund zur Panik ...
Wir versuchen was anderes, meine Liebe.
HIER IST DEINE CREME!
Sehen Sie? Martin hat Ihre Creme. Alles wird gut.
SCHLUCHZ!

Ich will sichergehen, dass ich das richtig verstanden habe. Sie haben ein ... ein Universal-Gegenmittel ausprobiert, aber es hat nicht funktioniert. Offensichtlich. Und jetzt ...?
Nun probieren wir es mit einem gezielteren Ansatz.
Gut. Und wie lange genau wird das dauern?
Wir tun unser Bestes, mehr kann ich jetzt nicht sagen!
Komm, Kind. Geh ins Bett.
!
Ich will nicht ins Bett! Ich will euch helfen!
Das ist sehr löblich.
Du kannst kaum die Augen offenhalten, Schätzchen. Morgen gibt es auch noch jede Menge zu helfen. Ab mit dir!

Okay ... Aber zaubert nicht zu viel ohne mich!
DUPLOS
HA HA HA!!
HA HA HA HA
HA HA

HA HA HA
Ich erinnere mich ...
HA HA HA
STAMPF STAMPF STAMPF STAMPF
HA HA HA
Effie! DAS ABEND-ESSEN IST FER...
?!!
MOM!
?!

Esseeeeeen!
Effie ... hast du gerade mit Freunden gespielt?
SEUFZ
Essen!
Die kleinen Mädchen ... Sie sind auf dem Bild.
BIP BIP BIP-BIP
BIP...

BIP
BIP!
BIP
BIP
BIP
SCHON 8 UHR!!
Komischer Traum ...
MIST! OLIVER VERZEIHT ES MIR NIE, WENN ICH HEUTE ZU SPÄT KOMME!
So ... schwarzer Filzstift plus Nagellack. Kein Leuchten mehr ...
NORMALE HÄNDE!

Morgen!
Effie?!
Du willst doch wohl nicht zur Schule?
Ernsthaft, Kind. Du hast vier Stunden geschlafen.
Ich muss zur Schule! Heute ist unser Demokratiereferat! Das darf ich nicht verpassen! Oliver würde ausflippen!
Das geht schon. Ich fühl mich gut. Ich schlafe am Wochenende.
Heilt Tily Shoo nicht, bevor ich zurück bin, okay?

DRIIIIING
Das sind Oliver und Archibald!
WARTE!
Nicht ganz dein Stil. Ich weiß.
?
Aber nimm es trotzdem! Das ist ein Befehl.
Wenn irgendwas passiert, reibe es zweimal an deiner Nase.
Verstanden?
Ich reibe das alte Ding zweimal an meiner Nase.
Oookay ...
Bis dann!
Pass auf dich auf, Kind!
Daumen drücken?
Daumen gedrückt!

Morgen!
WARTE!
?!?
?
WARTE!
Hier! Dein Essen!
Wer war das?
Ein Freund meiner Tante ...
Er ist ... Koch. Liebt seinen Job.
Er hat sein Frühstück heute nicht mal angerührt.
UGH.
Was macht dein Stresslevel? Bist du bereit?

Ich weiß, es ist lächerlich. Ich sollte mir keinen Stress machen ... Ich kann's nur nicht ändern.
Guten Morgen, Klasse. Wir beginnen den Tag mit den Gruppenreferaten. Berrit, Effie, Oliver ...
Ihr fangt an!
Ich erwarte, dass alle aufmerksam und respektvoll sind.
HA!
HAHA
Demokratie bedeutet „Volksherrschaft". Aus dem Griechischen: demos - „Volk" - und kratos - „herrschen". Es ist ein politisches System, das im 5. Jahrhundert in ein paar griechischen Städten entstand, beispielsweise Athen. In den frühen Zeiten der Demokratie waren Frauen und People of Color nicht eingeschlossen. Unfair! Es dauerte noch eine Weile, bis alle die gleichen Rechte hatten.

In einer Demokratie haben wir als Volk die Macht. Wir organisieren Wahlen, in denen die Bürgerinnen und Bürger ihre Anführer wählen. Das ist eine große Verantwortung. Wir entscheiden! Juhu! Es ist viel gerechter als eine Monarchie, wo nur ein König oder Kaiser alles entscheidet und sich vor niemandem rechtfertigen muss. Das US-Staatssystem ist eine Republik. Das bedeutet, wir wählen Leute, die dann die Regierung bilden, wie den Präsidenten, die Mitglieder vom Kongress und …
(. . .)
(. . .)
(. . .)
?......?
DEMOKRATIE!
HA-HA
HA HA
HA HA HA HA HA
HO-HA-HA-HA
Können wir bitte bis zum Ende des Referats eurer Mitschüler ruhig bleiben?

Demokratie ist wichtig, denn es ist eine Regierungsform, die den Bürgerinnen und Bürgern die größte Freiheit bietet und sicherstellt, dass jedem grundlegende Menschenrechte zustehen.
DEMO-KRATIE!
DEMOKRATIE
Wenigstens ist es vorbei.
DEM
Das Bild ist leer!

SSS SSSS ...
?
SCHLANGE!
?!
SCHLANGE
AAAAH LAUFT UM EUER LEBEN!!!
AAAAH
ALLE RAUS! LASST EURE TASCHEN STEHEN! RAUS! RAUS!

RUMMS
?
Jetzt ... sind wir sicher. Die Schlange kann nirgendwohin.
Es war eine riesige Python, Direktor Jones. RIESIG!
Hallo, Feuerwehr?!
Sucht euch Bücher, die euch gefallen und lest in Kleingruppen. Bin gleich zurück!
SHHH...
Hab ich das getan ...?
Der einzige Weg, um sicherzugehen.
Werd lebendig. Werd lebendig. Werd lebendig.

Nichts. Zum Glück.
Ist das zu fassen?! Wir mussten Oliver und eine Python ertragen! Was für ein MORGEN!
!!
Jippieh!
OH NEIN!
ICH WAR'S! ICH WAR DAS!
Das sollte sicher sein.
Geschichte der Mathematik?! Alles in Ordnung bei dir?
Die Lehrerin hat gesagt, wir können nehmen, was wir wollen!

Schau mal, was ich gefunden habe!
MODE im Hip-Hop
DIE GEFÄHRLICHSTEN TIERE DER WELT
Ich muss mal ganz dringend aufs Klo!
?
?
Bin gleich zurück. Sorry!
BUCH DES MONATS
?
AH ... WAS SOLL ICH TUN? WAS SOLL ICH TUN? ATME, EFFIE, ATME ... SELIMENE, CARLOTTA, WAS SOLL ICH TUN?! DAS AMULETT!

SEUFZ ... Nichts.
AAH
JA?
GEHT'S DIR GUT, SCHÄTZ-CHEN?
Kannst ... kannst du mich hören, Selimene?
Ich höre dich gut. Was ist los?
Alles in Ordnung?

Wir können durch eine Kette reden?
Ja, Schätzchen. Hexen hatten schon seit dem Mittelalter Handys. Also, was ist los?
Ich habe eine gemalte Schlange zum Leben erweckt, Selimene! Sie war auf dem Bild, und dann war sie plötzlich auf dem Boden!
Ich weiß nicht, was ich tun soll!
Nun, zuerst einmal beruhigst du dich.
Wenn du ruhig bist und deine Gefühle unter Kontrolle hast, werden keine Bilder mehr lebendig! Jetzt atme einmal tief durch und entspann dich.
Bist du heute Morgen wütend geworden?
Ja … schon …
Das sollten wir wirklich vermeiden. Willst du abgeholt werden?

Nein ... ich schaff das! Den halben Tag hab ich schon hinter mir. Wie geht's Tily Shoo? Habt ihr Fortschritte gemacht?
Wir arbeiten an etwas. Aber es braucht Zeit, du wirst also zu Hause sein, bevor wir fertig sind.
Toll! Ich muss jetzt los, aber ... was ist mit der Schlange? Was, wenn die Feuerwehrleute sie mitnehmen? Dann ist das Bild leer!
Keine Sorge. Als du den Raum verlassen hast, hat deine Magie sich zerstreut. Die Schlange ist in ihr Bild zurückgekehrt.

Eine Sache noch, Schätzchen, wenn du das Gefühl hast, die Dinge geraten wieder außer Kontrolle, halte dir Plastik vor die Augen.
Plastik ist das Kryptonit der Hexen!
Okay, ich versuch's.
?
Danke, TSCHÜSS!
UND ATMEN!

Wo warst du? Ich hab mir Sorgen gemacht.
Da ist sie.
Sorry, Leute ... ich hatte total Bauchschmerzen.
Das muss an der Schlange liegen. Verrückte Geschichte! Eine Python!!!
Äh ... Danke ... Genau. Die Schlange.
Die ist echt weit weg von zu Hause.
Gehen wir essen! Das Gefühlschaos hat mich ganz ausgehungert!

WOW! Tolles Sandwich!
Weißt du, wenn du krank bist, müssen wir dieses Wochenende nicht vorbeikommen.
Ja, du siehst nicht so gut aus. Wir können auch später mal kommen.
Ha! Nein, ich bin okay. Ihr müsst kommen!
Gut, wenn du drauf bestehst.

Sollen wir am Samstagmorgen telefonieren?
Perfekt.
Du ruhst dich heute aus und schaust, wie es dir morgen geht.
Ich bin einverstanden!
Was meint ihr, haben die Feuerwehrleute die Schlange schon gefangen?
Ganz bestimmt! In einer Minute wissen wir's. Es ist Zeit, Ms Pratt vor der Klasse zu treffen.
SEUFZ

Hört zu, Klasse! Die Feuerwehrleute konnten die Schlange nicht finden, wir gehen also zurück in die Bücherei.
Aber wir dürfen reingehen und unsere Sachen holen. Wir werden ganz ruhig gehen, immer zu zweit, und treffen uns dann in der Bücherei. Verstanden?
Bitte, bitte, lass die Schlange wieder im Bild sein.
Bitte, bitte.
Puh!
Beeil dich, Effie!

Habt ihr gesehen, wie Ms Pratt den Feuerwehrmann anschaut? Die Schlange hatte wohl auch ihr Gutes!
ZZZ

Fast ... fast ...
DRIIIIINNG
WOCHENENDE!
Sie ist begeistert.
Eindeutig.
Wie war euer Tag, Leute?
Das glaubst du uns nie!

Hi, Löwe!
Oh, hi, Kind!
Wie kommen wir voran?
So, so. Unsere kleine Schlangenbeschwörerin wirkt glücklich!

Wow ... was machst du da, Selimene?
Ich schreibe die Geschichte von Doris McFinn auf, Zuckerstück. Dieses Pergamentpapier und die Tinte sind beide verzaubert.
Sie werden die Geschichte, die ich aufschreibe, zum Leben erwecken.
KRASS!
Krass, aber mächtig! Man muss sehr vorsichtig beim Gebrauch von Gedächtnispergament sein!
Ih!
Du solltest es sparsam verwenden und nur winzige Details deiner Geschichte anpassen, denn es wird dein Leben verändern.

Wer ist eigentlich Doris Dingsbums?
Das ist Tily Shoos echter Name.
ECHT JETZT?
Gedächtnispergament funktioniert am besten mit einem exakten Namen und konkreter Zeit- und Datumsangabe ...
Künstlernamen funktionieren nicht.

Ich sage dir, sie hat uns nur sehr ungern ihren Namen genannt. Ich hatte viel Spaß.
Du bist böse, Selimene!
Nur ein bisschen, und nur zu Leuten, die es verdienen!
Damit sind wir wohl zu zweit.
NIEMALS! Ich bin nicht halb so böse wie du!
Oh doch! Mindestens doppelt so böse.
HA HA!

So, ihr bösen Hexen! Sollen wir anfangen?
Ich habe magischen Staub hergestellt, der die Zeit verwischen wird und die Stunde, in der Tily die Creme gekauft hat, durch das ersetzt, was du aufs Pergament geschrieben hast, Selimene.
Außerdem habe ich noch ein Entdämonisierungs-Elixier gebraut. Das bedeutet hoffentlich das Ende der hartnäckigen Röte!
Was hast du Tily Shoo in der Stunde tun lassen, Selimene?
Sie hatte eine Lebensmittelvergiftung und hat sich eine Stunde im Klo verbarrikadiert.
WA...

Das ist echt schlimm, Selimene! Kannst du es noch ändern?
Zu spät.
Hallo zusammen!
Gehen wir wieder in Ihr Büro?
Hier ist es gemütlicher für Sie. Aber es wäre hilfreich, wenn Ihre Crew in der Küche wartet.
Ich brauche wenigstens einen Assistenten!
Ich denke, Martin kann bleiben.

Natürlich, Martin kann Ihnen das Händchen halten.
Wir setzen sie in die Mitte des Raums.
Das sollte genug Platz sein, Martin. Danke.
Ich habe gelesen, dass du schon als kleines Mädchen Lieder gesungen und geschrieben hast.
Mmm ...
Es muss SO toll sein, Musik zu erschaffen ... Träumst du manchmal von Musik?

Oh! Und stimmt es, dass du Ananassaft trinken musst, um zu schreiben?
MMM...
Das ist nur eine Story für die Fans.
OH...
Wahrscheinlich will sie nicht reden, weil sie zu gestresst ist.
Home
Fashion People sind die Besten.
@Jamkalolo
Tily Shoo sah auf der
urner-Ausstellung letzte
oche SO alt aus! Sie sollt
sorgfältiger sein. Ohne
Glanz verliert man Fans.
1127 301 7103
Wir können mit dem Ritual starten, Tily.
LOS GEHT'S!

RÜLPS
?
?
Ei!
OH NEIN!
SEUFZ
SEUFZ
SEUFZ
Ich schätze, das hat also auch nicht funktioniert.
!
WÜRG!

Ich bin zugegebenermaßen ziemlich überrascht, dass dieses Ritual nicht geklappt hat ... aber der Staub hat funktioniert.
Carlotta sieht voll müde aus.
Es hat bis zur letzten Sekunde geklappt, und dann ist uns alles um die Ohren geflogen ... Die Frage ist: Warum?
!!
?!
?
?
?
?
!!
IHR!

WIDERLICHE UNFÄHIGE NICHTSNUTZE
DUMME HÄSSLICHE ALTE SCHACHTELN
Bewahren Sie die Ruhe, Tomatengesicht.
Sie versuchen nur dir zu helfen, Tily.
KLAPPE, MARTIN!
ICH BRAUCHE DEINEN LÄCHERLICHEN ZUSPRUCH NICHT!! DU BIST EIN LOSER!

EIN LÄCHERLICHER LOSER!
STAMPF!
STAMPF!
Es geht nichts über den Wutanfall einer Diva nach einer schlaflosen Nacht.
HÖR AUF!
Was ...?
SO DARFST DU NICHT MIT LEUTEN REDEN! DU BIST SO FIES UND GEMEIN!!

ICH KANN NICHT FASSEN, DASS ICH DEIN FAN WAR! Alle hier versuchen dein Problem zu lösen und du schaust nur auf dein Handy und schreist Leute an! Du hast so ein Glück, dass meine Tanten dich aufgenommen haben!
Ähm ... Effie? Liebling ...
Zuckerstück!
Eimer-Rettungs-einsatz!

SELIMENE! FANG!
Bereit!
ICH SCHÄME MICH SO
U SIEHST
BST! DAS
IST SCHLIMM ...
?
?
Bist du bald fertig?
Ich hätte nie ...
Murmel, murmel.

Kapitel 4

ICH BIN SO SAUER! Sie ist KEIN BISSCHEN so, wie sie vorgibt zu sein! ICH BIN SO, SO SAUER!
Du bist „so sauer". Wir haben verstanden.
Aber du hast immer noch ihre Musik, süßer Fratz. Du magst all ihre Lieder und das hat sich nicht geändert.
ES HAT SICH GEÄNDERT!! Sie hat alles ruiniert!
Ich werde ihre Musik nie wieder so hören können wie vorher.

Ich werde ihre Lieder NIE WIEDER hören!
Es ist hart, wenn jemand, zu dem du aufschaust, dich enttäuscht.
Aber es ist möglich, die Kunst zu lieben, ohne in allem mit dem Künstler einig zu sein. Es ist auch möglich, etwas wegen dieser Uneinigkeit weniger zu lieben.
Die Gefühle, die du durch ihre Musik erlebt hast, sind deine, Schnucki. Es ist okay, ihre Musik zu mögen und sie nicht, und es ist okay, ihre Musik nicht mehr zu mögen, jetzt wo du sie kennst.
Das sind deine Gefühle, ganz allein deine.

Das Leben ist nicht schwarz-weiß, mein Schätzchen.
So viele, viele Grautöne ...
WAA...?
?
Ähm, Entschuldigung ... dürfte ich Ihre wundervolle Küche noch einmal ausleihen?
Natürlich, Martin. Was machen Sie dieses Mal?
Einen Velvet Cake. Tilys Lieblingskuchen. Es beruhigt sie immer, einen Velvet Cake zu sehen.

Wie kannst du zu so einer gemeinen Person nett sein?!
Sie war nicht immer so, weißt du ...
Oatmeal
Wir kannten uns schon, bevor sie Tily Shoo wurde ... und damals war sie wirklich lustig.
Manchmal ist sie das immer noch.
ACH.

Es ist die alte Tily, der ich noch loyal bin.
Obwohl selbst ich manchmal ... die Geduld verliere.
KEIN WITZ?!
Kein Witz ist, dass wir immer noch keine Lösung gefunden haben!
Und wir sollten weiter-machen, meine Damen!
Viel Glück!
Dir auch, Martin ...

SEUFZ

Ich begreife es nicht! Die Dinge, die wir letzte Nacht und heute Nachmittag versucht haben, hätten jeden Fluch, den es gibt, brechen müssen!
Wir müssen etwas übersehen haben. Denk nach, Carlotta. Denk nach!
Mein Hirn ist nur noch ein Blumenkohl. Es ist hoffnungslos!

TICK
TACK
TICK
TACK
TICK TACK
TICK TACK
TICK TACK
DIESER ENTHUSIASMUS, MEINE DAMEN! ICH BITTE UM RUHE!
Der liebe Francis ... immer für einen Scherz zu haben.

JA, NICHT WAHR? ICH BIN SO GUT-MÜTIG!
JUNGE DAME? DU, DIE BIEGSAME?
KÖNNTEST DU DAS BUCH AUF DAS OBERSTE REGAL STELLEN, RECHTER HAND, NEBEN DAS BLAUE, BITTE?
Klar.

ICH GLAUBE, ICH HAB'S!
!!!
WHOM

Alles in Ordnung, Effie?
Was ist los, Schnucki? Was hast du gefunden?
VIELLEICHT JA ENDLICH DAS GEHEIMNIS EWIGER JUGEND!
DAS!
Zinnober-Hexen
Die Zinnober-Hexen …
Könnte es sein …

Hört zu! „Die Zinnober-Hexen waren ein besonderer Hexenzirkel der hellen Magie, der im 16. Jahrhundert in Europa auftrat ..."
„Ihre Lehrlinge widmeten ihr Leben der Rettung anderer. Sie trugen eine besondere Creme auf ..." Seht ihr?!
„... die ihre Gesichter rot färbte ..."
„... als Zeichen ihrer Suche nach Selbsterkenntnis. Der einzige Weg für die Hexen, die Farbe zu entfernen, war, ihren ganz persönlichen Pfad zu finden. Wenn sie aufrichtig zu sich selbst und der Welt waren, konnten die Lehrlinge der Zeremonie beiwohnen ..."

„... und die reinigte ihre Gesichter und erlaubte ihnen, sich Zinnober-Hexen zu nennen."
Könnte etwas von dieser heiligen Creme all die Jahre überdauert haben?
Einige Dinge halten für Jahrhunderte, Carlotta. Denk nur an Francis' schlechte Laune.
DAS HAB ICH GEHÖRT!
Entweder das oder es gibt eine Gruppe „moderner" Zinnober-Hexen ... Interessant.

Stimmt, helle Magie haben wir noch nicht ausprobiert ... Wir haben es mit Tränken und Ritualen versucht und Tilys Leute mit Wissenschaft und Technik, aber ...
Entschuldige die Unterbrechung, Carlotta.
Was genau ist helle Magie?
Es ist Naturmagie, Schnucki. Die älteste bekannte Form der Magie. Sie nutzt die Kraft der Elemente. Sehr einfach.

Sehr einfach, aber sehr wirkungsvoll ... Wenn man gut organisiert ist.
Haben wir nicht einen dicken Wälzer über alte Naturmagie, Francis?
SEUFZ! WENN IHR SIE NUR HINSTELLEN WÜRDET, WO SIE HIN-GEHÖREN!

Was meinst du? Wie könnte das wahre Ich von Tily Shoo sein?
Ach.
In dem Buch, das du gefunden hast, Effie, heißt es „ihren ganz persönlichen Pfad finden".
Ich glaube, sie hat sich selbst in der Musik gefunden, nicht wahr?

DU HAST RECHT, CARLOTTA!
Sie zeigt ihr wahres, bestes Ich, wenn sie Musik macht. Wir müssen dafür sorgen, dass sie wieder singt!
Warum nicht ... Einen Versuch ist es wert. Aber ob das reicht, damit das Rot verschwindet?
Im Buch stehen keine Details über die Abschlusszeremonie.
Vergiss nicht den anderen Aspekt ihrer Tätigkeit, Selimene. Sie singt FÜR Leute.

Leute mit ihrer Musik glücklich zu machen. Das ist ein Weg, um anderen zu dienen.
Wir könnten ein Privatkonzert im Hinterhof organisieren!
Ich kann Berrit und Oliver anrufen.
Berrit würde AUUUUSFLIPPEN!
Mmm ... Ich weiß nicht, ob Tilys Agentin diesem Plan zustimmt.
Was, wenn deine Freunde davon erzählen oder Fotos machen?

Sie wird zustimmen, wenn wir ihr erklären, dass es die einzige Möglichkeit ist. Und sie kann von den Kids eine Geheimhaltungsvereinbarung unterschreiben lassen.
WIR HABEN EINEN PLAN! JIPPIE!
Gut. Aber wir halten es ganz klein. Die Crew oben, wir drei und deine Freunde, Effie. Das sollten genug Leute sein, damit es funktioniert.
Bin dabei. Obwohl ich bezweifle, dass mir das Zuhören einen großen Dienst erweisen wird …

Das wird der beste Tag in Berrits Leben!
Mmh ...

Rufen wir erst mal an und sehen, ob deine Freunde kommen können, Kraftböhnchen. Es ist schon fast 17 Uhr.
„Kraftböhnchen"? Echt jetzt?
Geht schon mal, ich suche noch nach Details zur Zeremonie.

Ich schlage vor, du lädst sie zu einem Filmabend ein.
Gute Idee. Ich wüsste sowieso nicht, wie ich das alles am Telefon erklären sollte.
Hallo, Oliver? Hi! Hier ist Effie. Hast du Lust, heute zu einem Filmabend vorbeizukommen? Ja, klar! Archibald auch. Okay. Bis dann!

Oliver und Archibald sind dabei!
Gut!
Weißt du was, Selimene?
So ein Telefon habe ich noch nie benutzt! Es ist wie in den alten Filmen!
SEUFZ
Hallo, Mrs Rossi? Guten Abend, hier ist Effie.
Darf Berrit heute zu einem Filmabend mit Oliver und mir vorbeikommen?

Natürlich, ich geb' sie Ihnen.
Sie will mit dir sprechen.
Hallo?
Ja ... ich verstehe. Nein, nein, überhaupt kein Problem. Es ist mir eine Freude. Halb neun, genau. Ihnen auch einen schönen Abend!
UND?
Alles gut! Wir müssen sie hinterher nach Hause fahren.

Berrit wird Augen machen!
Alles in Ordnung, Effie?
Komm, wir sagen es Carlotta!
Schnucki ...?
Ich habe mich gefragt ...
Kann Magie weitergegeben werden, Selimene?
Du meinst, ob Magie vererbt werden kann?
Ja.

Nun ... Es gibt natürlich keine wissenschaftlichen Studien darüber ...
... aber die Geschichte hat gezeigt, dass Magie dazu neigt, in der Familie zu liegen.
Warum fragst du, Schätzchen?
Meine Mom ... sie hatte es nicht, oder?
Ich glaube nicht, Schnucki, aber ich bin sicher, sie hätte liebend gern...

BAMM!!
ICH WILL ALLES ÜBER MAGIE WISSEN, SELIMENE!
?!
Und ich werde eine fantastische Hexe!
Du bist bereits eine fantastische Hexe, Schnucki. Nun arbeiten wir daran, dich auch noch weise zu machen!

Ich habe das Buch gefunden, das ich gesucht habe, meine Damen.
EIGENTLICH WAR ICH DAS.

SEUFZ
Das, was mir im Bereich der Naturmagie am logischsten erscheint, ist Wasser.
Die Zeremonie muss Wasser beinhalten.
Wie?
Wir können ja nicht alle in die Dusche stecken.
Ein Regenzauber scheint mir die beste Wahl zu sein. Kannst du es regnen lassen, Selimene?
Gar kein Problem.

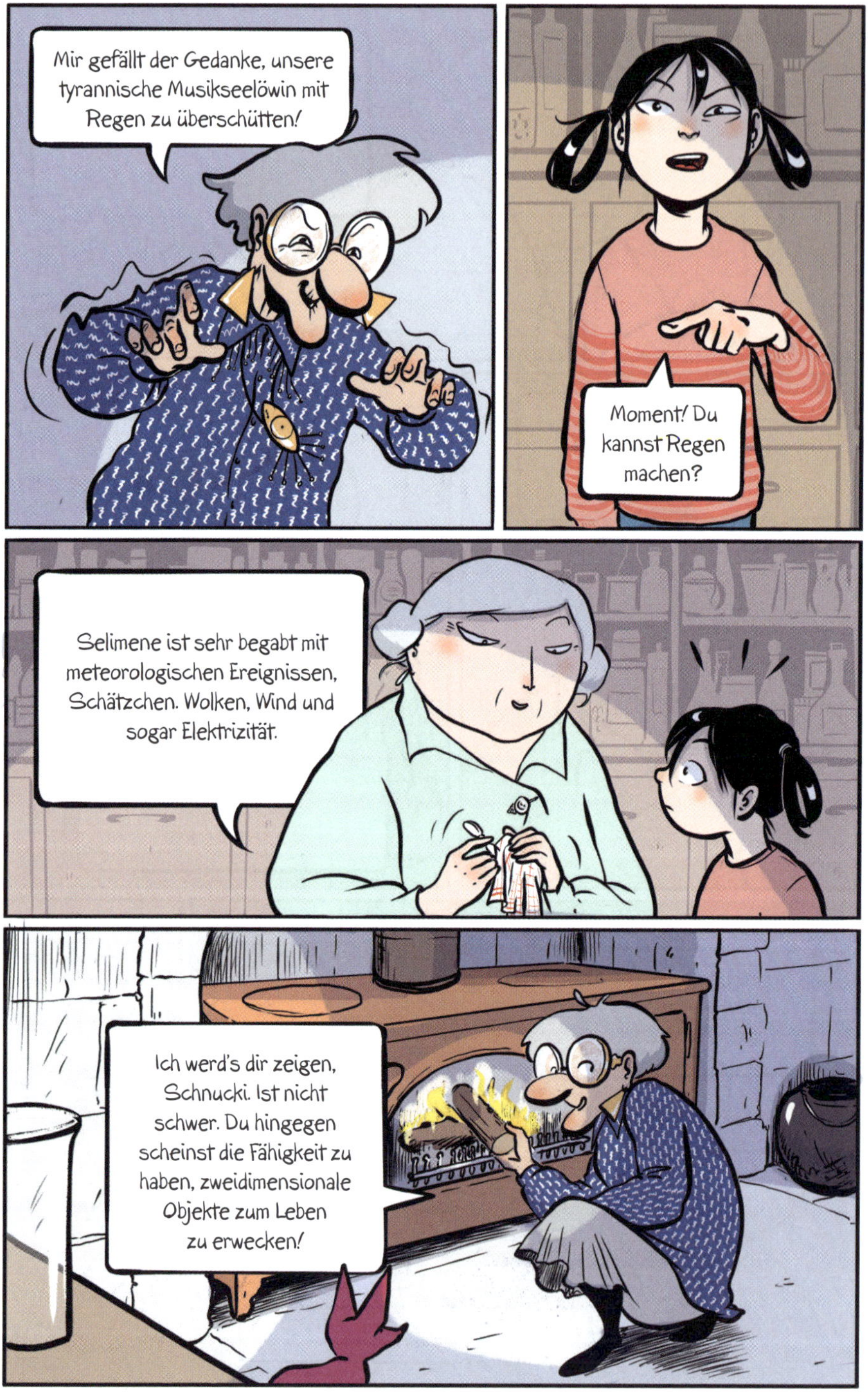
Mir gefällt der Gedanke, unsere tyrannische Musikseelöwin mit Regen zu überschütten!
Moment! Du kannst Regen machen?
Selimene ist sehr begabt mit meteorologischen Ereignissen, Schätzchen. Wolken, Wind und sogar Elektrizität.
Ich werd's dir zeigen, Schnucki. Ist nicht schwer. Du hingegen scheinst die Fähigkeit zu haben, zweidimensionale Objekte zum Leben zu erwecken!

Das sollten wir auf jeden Fall untersuchen. Ich war von deiner Tapetenaktion vorhin beeindruckt!
Danke ...
Aber ich weiß echt nicht, wie ich das mache ...
Das ist etwas gruselig.
Und ich frage mich, ob ich das schon als Baby konnte. Kann das sein?

Absolut möglich. Kleine Kinder nehmen die Realität nicht so wie Erwachsene wahr...
... was ihnen echte kreative Freiheit gibt...
... und diese Freiheit kann zu den besten Arten von Magie führen.
Keine Sorge, Effie.

Wir bringen dir bei, deine Kräfte zu kontrollieren, wenn sie auftreten.
Wir Hexen sind alle verschieden, weißt du?
Wir haben alle unsere Stärken und Schwächen.
Wo wir von Stärke sprechen - du bist viel besser mit Worten als ich, meine Liebe. Ich überlasse es dir, Tilys Agentin unseren Plan zu erklären.
SEUFZ!
War klar. Los geht's ...

Wir glauben, wir haben die Lösung für Ihr ... ähm ... für unser Problem gefunden.

DANKE!
ENDLICH! Was ist es?
?
Wir haben gute Gründe zur Annahme, dass die Creme, die Sie auf Ihr Gesicht aufgetragen haben, eine uralte und extrem mächtige magische Salbe ist ...
... die von einer Hexen-Gemeinschaft stammt, den sogenannten Zinnoberhexen.

WOVON reden Sie?
Die Tatsache, dass wir die Zeit nicht ändern konnten...
... zeigt uns, dass wir es mit sehr starker Magie zu tun haben.
Und unsere ersten Versuche, den Fluch zu brechen, sind auch fehlgeschlagen, weil ...
... der Zauber, unter dem Sie stehen, unsere Kräfte übersteigt.

ES GIBT KEINE HEILUNG? SIE KÖNNEN MIR NICHT HELFEN?!
Setz dich, Seelöwin, Carlotta ist noch nicht fertig!
Seewas?
Ähm ... angesichts dieser Entdeckung glauben wir, dass SIE sich selbst befreien müssen.

Aber ... aber wie?
Sehen Sie, die Zinnoberhexen haben diese Salbe zu Beginn ihrer Ausbildung aufgetragen...
... und die Farbe war ein Indikator ihres Erfolgs. Nur wenn sie ihren eigenen Weg gefunden hatten, verschwand sie wieder.
Offensichtlich sind Sie keine Hexe in der Ausbildung, die gelobt hat, anderen zu dienen.

Aber wir sind überzeugt, dass Ihr Gesang der Schlüssel zur Heilung ist.
Sie sind seit dem Vorfall nicht aufgetreten, oder?
NATÜRLICH NICHT!
Wir denken, das sollten Sie tun.
WAS?!
Nur vor einem sehr kleinen Publikum.
KOMMT NICHT INFRAGE!

Wir sind hier, damit niemand sie so sieht!
Es werden nur wir und drei von Effies Freunden da sein.
Die Idee ist, das Muster der Zinnoberhexen nachzubilden. Sie müssen das tun, was Sie am besten können, und zwar für andere.
NEIN!

Unsere Magie wird Sie unterstützen, den Prozess des „Verschwindens“ in Gang zu setzen.
Falls es Ihnen hilft, wir werden Sie durch den Regen sowieso nicht gut sehen.
WIE BITTE?!
Regenenergie ist extrem mächtig. Besonders in diesem Fall.

Hören Sie zu, Sie haben alles Mögliche probiert, oder?
Ja.
Wir ebenfalls. Die Lösung, die wir vorschlagen, funktioniert, versprochen! Aber Tily muss daran glauben.
NIEMALS!

Nach allem, was wir durchgemacht haben, ist es vielleicht einen Versuch wert, Tily.
NEIN, NEIN und NEIN!
Ich lasse JEDEN eine Geheimhaltungsvereinbarung unterschreiben und alle Handys werden eingesammelt …
HÖRST DU SCHLECHT? ICH SAGTE NEIN!!

SEUFZ
Die Leute lieben deine Songs.
Sie lieben deine Stimme.
Sie empfinden etwas dabei. Deine Musik verbindet dich mit Leuten!

Nicht dein Gesicht oder deine Haare oder deine Kleidung ...
Als ich dich gestern Nacht in der Küche getroffen habe, ist mir nicht mal aufgefallen, dass dein Gesicht rot ist!
Ich war einfach nur so glücklich, dich kennenzulernen!

Wenn du aus tiefstem Herzen singst, werden die Leute dich lieben. Denn das ist deine Stärke. Du bringst Leute dazu, sich in deine Musik zu verlieben.

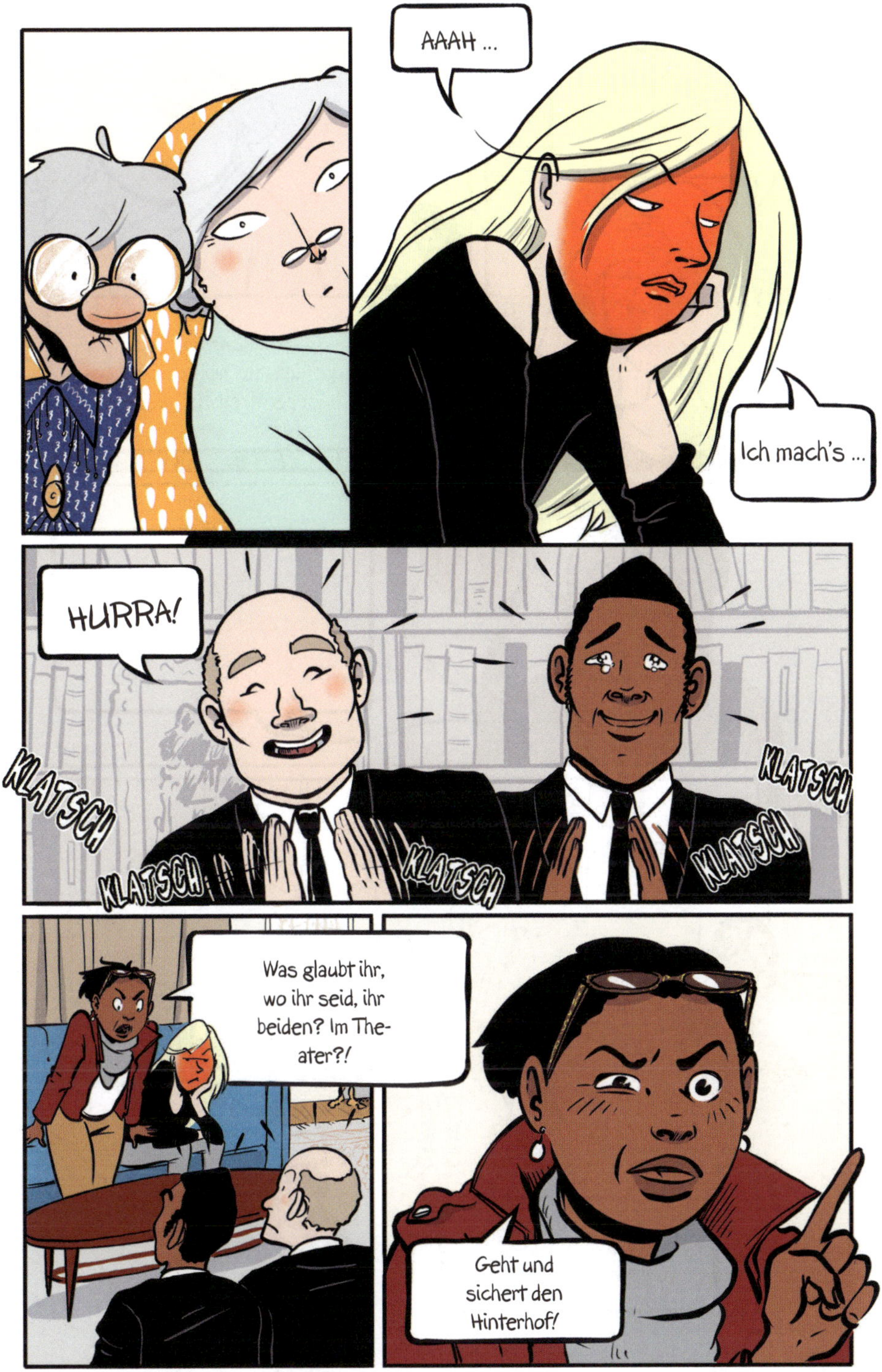
AAAH ...
Ich mach's ...
HURRA!
KLATSCH
KLATSCH
KLATSCH
KLATSCH
KLATSCH
Was glaubt ihr, wo ihr seid, ihr beiden? Im Theater?!
Geht und sichert den Hinterhof!

Ich brauche etwas Zeit, um mich zu konzentrieren.
Wir haben oben ein gemütliches Wohnzimmer, das ist perfekt dafür geeignet.
Ich gehe mit Tily hinauf und dann muss ich Ihren Drucker benutzen.
Lassen Sie sich Zeit. Wir sind hier.

?
GUT GEMACHT!
Du hast den Tag gerettet, Zuckerstück! Das war großartig!
Danke …
Es war sicher nicht einfach für dich, all diese netten Dinge zu Tily zu sagen. Du bist spitze, Mädchen! Danke!

Was soll ich sagen? Ich bin halt eine Wohltäterin!
Eine „Wohltäterin“ … so, so.
Erinnere dich dran, wenn du das nächste Mal den Müll raustragen sollst!
HA HA HA.
Entschuldigen Sie die Störung. Tily ist versorgt. Könnte ich jetzt Ihren Drucker benutzen?
Natürlich! Wir haben hier eine Wohltäterin, die begierig ist, Ihnen zu helfen.

Im Büro, nehme ich an?
Ja.
Das kriegst du zurück, Selimene.
HA! HA! HA!
Ich mache ein paar Tapas für unsere Besucher.
?
Warum um alles in der Welt sind Sie der Assistent eines Popstars, wenn Sie es SO offensichtlich lieben, Leute zu bekochen, mein Freund?

Cumin

Kapitel 5

Was machen sie? Sie sollten schon längst hier sein.
Entspann dich, Süße. Deine Freunde sind gleich da.
DING-DONG
Woher wusstest du das?
Eins meiner vielen Talente.
HA! HA!
Danke, dass du mir eine Entschuldigung lieferst, mein Haus zu verlassen. Ein Filmabend! Das wird ein Spaß!

Ihr habt keine Ahnung, WAS für ein Spaß ...
?
?
Hier lang!
Leute, das ist Martin! Martin, das sind meine Freunde Berrit, Oliver und Archibald!
Hallo zusammen!
!
!

Mmm ... die sind köstlich!
Schön, dass es euch schmeckt!
?
Deine Gäste sind hier. Gut!
Könnt ihr die alle unterschreiben und mir zurückgeben?
Danke.

Ähm ... also, das ist für die Überraschung, von der ich euch erzählt habe.
Dieser Papierkrams sieht nicht sehr spaßig aus.
Es geht auch nicht um die Papiere. Die Überraschung ist, dass ... also, wir gucken keinen Film.
Was machen wir dann?
Wir hören ein Privatkonzert.

Aber wir dürfen nicht darüber sprechen. Darum müssen wir diese Papiere unterschreiben.
WAS!
IST DAS DEIN ERNST?!
Ja.
Ich werde Tily Shoo treffen ... Ich kann's nicht glauben. Das ist der BESTE TAG meines Lebens!

Sag mal, Effie ... Wie genau hast du es angestellt, dass eine weltberühmte Sängerin für dich und deine Freunde singt...
... hier bei dir zu Hause?
Es ist ein Traum, Oliver. Wir leben in einem Traum.
Wisst ihr ... meine Tanten haben so viele Kontakte!
„So viele Kontakte", klar ...
So viele Kontakte ...

Ach du meine Güte! Ist mit dem Kind alles in Ordnung?
Mir geht's gut! Das ist der beste Tag meines Lebens! Tausend Dank!
Seht ihr? Ich hab's doch gesagt!

Gern geschehen, Liebchen. Aber ich hab euch lieber über dem Tisch.
Ich möchte Ihnen auch danken. Es ist unglaublich, zu so etwas eingeladen zu sein!
Oh, hi, Archiball!
SO, ALLERSEITS!

Die Vorstellung beginnt in einer Minute.
Könnte ich bitte alle unterzeichneten Papiere haben?
Geradeaus, dann links.
Ich glaube, ich werde ohnmächtig.

Komm, wir setzen uns nach vorne!
Sie müsste jeden Moment hier sein.

KLICK
TAP

Ähm ... Hallo ... Hallo zusammen.
Ich liebe ihren neuen Stil. Das Rot ist so verwegen!
Das Lied, das ich für euch singe, heißt „Remembrance". Ich habe es noch nie ... vor Publikum gespielt. Es ist sehr persönlich.

Just passing by
Startling Clarity
PLIK

A flash of Understanding

JIPPIE!
KLATSCH
KLATSCH
HURRAH
KLATSCH
KLATSCH
KLATSCH
KLATSCH
KLATSCH

Hat es ...?
ES HAT GEKLAPPT!
Na gut, sie hat mich gekriegt. Wer hätte gedacht, dass so viel Kraft und Schönheit hinter dieser Fassade steckt?
Es gibt den Künstler und es gibt die Kunst. Sehr kunstvoller Regen übrigens. Gut gemacht!
MARTIN! HANDTÜCHER, SCHNELL!
ROBERT! KEVIN! PACKT DIE SACHEN!

Entschuldigung ... Darf ... darf ich ein Autogramm haben?
Bitte?
Klar! Wie heißt du?
Berrit.
RÄUSPER
?
Darf ich bitte auch eins haben?
Du?
Ich.
Kommt, wir gehen rein, bevor wir erfrieren!

Ich kann nicht glauben, was wir gerade gesehen haben ... Ich musste nach einem Autogramm fragen, damit es wahr wird.
Wovon redest du?
Um mir morgen früh nach dem Aufwachen zu beweisen, dass ich nicht nur geträumt habe!
Ja klar ...
Ich verstehe dich.
Danke.
DANKE!

Du bist die beste Freundin im ganzen Universum!
Ich bin so froh, dass ihr gekommen seid und wir es zusammen gesehen haben.
Es hat meine Meinung völlig geändert.
Ich bin überrascht, wie echt und ergreifend ihre Musik war.
Ich war so überzeugt, dass sie nur Fassade ist. Mir scheint fast, als müsste ich mich bei ihr entschuldigen.
Mir geht es auch so, Oliver. Ihr Talent ist echt ... Das hatte ich nicht erwartet.

Jetzt fühle ich mich dumm.
Unsinn.
Siehst du?! Ich hab's ja gesagt!
Na ja, du musst zugeben, dass das Lied, das letzten Sommer überall lief, ziemlich durchschnittlich war.
Bla, bla.
Es ist unmöglich, sich mit dir zu unterhalten!
Ach, komm schon!
Oliver …
Wir sollten langsam gehen. Es ist schon spät.

Ich muss dich auch nach Hause fahren, meine liebe Berrit.
Ach ... schon?!
Vielleicht können wir morgen einen richtigen Filmabend machen?
Das klingt gut! Habt ihr Lust, wiederzukommen?
Ja!
Wir sind bereit zum Aufbruch.
Super!

Hey, Martin! Fasst du mal mit an?
Nicht mehr, Robert!
ICH KÜNDIGE!
!

RUMS!
MARTIN!
Ja?
Ich werde dich vermissen.
Kommt, Leute. THE SHOW MUST GO ON!
Ich könnte eine Mitfahrgelegenheit zurück in die Stadt gebrauchen.
ICH AUCH!

Ich meine ... nicht in die Stadt, sondern zu mir. Es liegt auf dem Weg! Ich habe schon immer davon geträumt, mal in einer Limousine zu fahren!
Vielleicht haben wir noch Platz für einen VIP ...
Von mir aus. Martin, du sorgst dafür, dass Berrit sicher nach Hause kommt!
Kein Problem, Käpt'n!
JIPPIE!
TSCHÜSS, LEUTE!
Gut gemacht!

Danke, meine Damen, dass Sie mir die Augen geöffnet haben.
Ich schicke eine Einladung, wenn mein Restaurant eröffnet wird.
HUP HUP

Ich glaube, ich
werde es lieben,
eine Hexe zu sein.

DANKSAGUNG

Vielen Dank an meine fantastische, außergewöhnliche Agentin, Kelly Sonnack, für ihre Unterstützung, Beratung und Klugheit. Dieses Buch würde nicht existieren, wenn unsere Wege sich nicht gekreuzt hätten. Danke, dass du an mich geglaubt hast – ich bin so glücklich, dass du meine Agentin bist!

Ich danke auch dem Random House-Team und insbesondere Gina Gagliano, einer fabelhaften Person, die von Anfang an Vertrauen in mich und die Witches of Brooklyn hatte.

Danke an Whitney Leopard, die bei dem Lektorat dieses Buches einen super Job gemacht hat. Danke für deine Engelsgeduld mit all meinen Fragen und Tippfehlern.

Ich bin auch Patrick Crotty zu Dank verpflichtet, der mir half, dieses Buch zu formen und zum Leben zu erwecken. Und dafür, dass er mir so viele coole Comics empfohlen hat.

Danke an meinen Ehemann, Patrick Flynn, für seine Liebe und Unterstützung während all der Höhen und Tiefen im Geburtsprozess dieses Buches.

Ich danke meinen unglaublichen Kindern, Ella, Josephine und Arthur, dafür, dass sie die Allerbesten sind und meinen Zeichnungen so viel Enthusiasmus entgegenbringen.

Danke an meine wunderbaren, liebevollen Eltern, dafür, dass sie meine ersten Fans waren und mich in Berührung mit der Arbeit André Franquins brachten (ein belgischer Comickünstler, der mich ein für allemal meine Liebe für dieses Medium entdecken liess).

Und zuletzt: vielen Dank an Crouton für ihre unbezwingbare Liebe und Unterstützung.

Sophie Escabasse ist eine französische Illustratorin und Comickünstlerin, die mit ihrem Mann und ihren drei Kindern in Montreal lebt.

Sophie studierte Grafikdesign an der École nationale supérieure des Arts Décoratifs in Paris und am Central Saint Martins College of Art and Design. Sie arbeitete einige Jahre lang in Paris und New York in der Werbebranche, ehe sie sich ganz ihrer Karriere als Illustratorin widmete.

Da sie aus einer Familie von Comicliebhabern stammt, liebt Sophie dieses Medium, seit sie zu lesen anfing. Heute ist sie glücklich in ihrer Balance zwischen dem Job einer Mutter und dem einer Comicbuchautorin. Es ist eine Menge Arbeit, aber macht auch eine Menge Spaß!

Witches of Brooklyn ist ihr Comicdebüt.